Es kam, wie es kommen mußte: Androsius' Frau brannte – samt Kinderschar – mit einem arabischen Ölscheich durch. Androsius hatte diesen von einer Sexualneurose geheilt, das war die positive Seite der Angelegenheit, das muß zu seiner Ehre gesagt werden.«

Aber seine Frau hatte es einfach satt, immer wieder die Scherben aufzufegen, wenn sich wieder jemand freigebrüllt hatte. Freigebrüllt? Ja, freigebrüllt. Androsius Schattenfroh hat sich auf Brülltherapien spezialisiert. Deshalb fliegen regelmäßig sämtliche zwölf Fenster seiner Praxis aus dem Rahmen und ergießen sich als schaurig-schöner Scherbenregen in die Gärten der Nachbarn. Deren Klagen leeren Androsius' Bankkonto genau so wie die ständigen Mahnungen für jeweils zwölf noch nicht bezahlte Drei-Schicht-Thermopane-Scheiben ...

Der Brüll-Therapeut ist nicht das einzige Unikat, das uns in diesem Buch begegnet. In 24 tiefgründigen Geschichten stellt uns Jürgen vom Scheidt Menschen und Ereignisse vor, die nur auf den ersten Blick einfach bloß schräg wirken ...

Jürgen vom Scheidt, Jahrgang 1940, hat Psychologie, Soziologie, Anthropologie und Psychopathologie studiert und mit einer Studie über seine therapeutische Arbeit mit Drogenabhängigen promoviert. 1971 eröffnete er eine eigene Praxis als Psychologe, aus der das »Institut für Angewandte Kreativitätspsychologie (IAK)« mit der »Münchner Schreib-Werkstatt« entstand, die er zusammen mit seiner Frau Ruth Zenhäusern leitet. Lieferbare Titel des Autors: »Kurzgeschichten schreiben«, München 2002; »Handbuch der Rauschdrogen« (mit W. Schmidbauer), 11. überarb. Ausg. München 2003; »Kreatives Schreiben«, 8. Aufl. Frankfurt am Main 2003; »Das Drama der Hochbegabten«, München 2004, »Zeittafel zur Psychologie von Intelligenz, Hochbegabung und Kreativität«, München 2004.

Jürgen vom Scheidt

Blues für Fagott und zersägte Jungfrau

24 Geschichten mit doppeltem Boden

Weitere Informationen über den Verlag und sein Programm unter:
www.allitera.de

Bibliographische Information der Deutschen Bibliothek

Die Deutsche Bibliothek verzeichnet diese Publikation in der Deutschen Nationalbibliographie; detaillierte bibliographische Daten sind im Internet über <http://dnb.ddb.de> abrufbar.

Juni 2005
Allitera Verlag
Ein Books on Demand-Verlag der Buch&media GmbH, München
© 2005 Buch&media GmbH (Allitera Verlag)
Umschlaggestaltung: Kay Fretwurst, Freienbrink
Herstellung: Books on Demand GmbH, Norderstedt
Printed in Germany · ISBN 3-86520-121-0

*In Erinnerung an Walter Ernsting
alias Clark Darlton (1920–2005),
der 1956 meine erste Kurzgeschichte abdruckte
und mich ermutigte, weiterzuschreiben*

Inhalt

Ruf des Abenteuers	9
Die größte Liebe	10
Sechs nette Untermieter	16
Schrei! Dich! Frei!	25
Die Dosis macht's	35
felix klein geht auf die Große Reise	47
Das Astloch	52
Drei Wünsche an eine Fee	56
Archivar der Zukunft	67
Zehn Prozent von allem	73
Conga Joe	81
Atlantis in der Tiefe	86
Das Geheimnis des Frater Anselmus	89
Blues für Fagott und zersägte Jungfrau	95
Tiefschürfende Geschichte vom Sinn des Lebens	99
Der Mann von der Lottozentrale	100
Wette mit dem Teufel	108
Erster Kontakt	116
Der Geschichtenerfinder	117
Warum ich eigentlich doch lieber kein Schriftsteller sein möchte	126
Wie werde ich weltberühmt?	129
Höhenangst	133
Blitzschlag der Liebe oder: Citch as Citch can	135
Etwas geht zu Ende	139

Ruf des Abenteuers

Hallo, Leute!

Tarzan ist wieder da

Fliegt an Lianen von Baum zu Baum
Folgt wilden Tieren quer durch den Traum
– der mich seit Jahren gefangenhält.

Doch will ich nicht frei sein
– um nichts auf der Welt

War der Tag noch so fad,
weil gar nichts geschah

– in der Nacht ist's *mein* Pfad
und ich ruf:

a a i a h!

Die größte Liebe

Kohlenstoff: Urstoff des Lebendigen in chemisch reiner Form. Heute haben wir einige Mikrogramm dieses Stoffes in die Vergangenheit geschickt. Der erste Schritt zur Überwindung der Zeitschranke ist uns also geglückt. Eigentlich ist diese Vorstellung so absurd, daß ich sie mir selbst immer wieder durch einen Vergleich nahe bringen muß: Die Zeitmaschine ist eine Art Fahrstuhl, in den man einsteigt und nach unten fährt (ein Oben gibt es nicht); nur bewegt man sich nicht durch eine der drei Dimensionen des Raumes, sondern durch die vierte, die zeitliche Dimension.

Ich glaube nicht, daß meine Pläne jemals verwirklicht worden wären, wenn es Helen nicht gegeben hätte. Ihr Bild macht sich auf meinem Schreibtisch weit besser als im Familienalbum. Sie lacht so freundlich. Ich kann es noch immer nicht richtig glauben, daß ich ihr tatsächlich noch einmal leibhaftig begegnen werde.

In all diesen Jahren war ich oft nahe daran, die Arbeit einzustellen. Helens Bild vergilbt zusehends. Manchmal überkommt mich eine Angst, es könnte schneller verblassen als meine Arbeit vorangeht. Wenn ich ihr Bild nicht mehr vor mir habe, das mich anspornt – werde ich dann überhaupt jemals ans Ziel kommen?

Heute gelang mir ein weiterer Teilerfolg. Ich ließ mich von der Zeitmaschine etwa eine Stunde in die Vergangenheit tragen. Der Vorgang ist ungefähr so, als erinnere man sich an Dinge, die man längst vergessen hat.

Auch die Rückkehr in die Gegenwart gelang einwandfrei. Außer einem etwas ungewöhnlichen Temperaturanstieg um 3,7 Grad Celsius und einer geringfügigen Veränderung der Beleuchtung zum rötlichen Teil des Spektrums hin (was könnte der Grund dafür sein?), konnte ich nichts Ungewöhnliches bemerken. Mein Erfolg wurde noch vergrößert, als ich auf dem Speicher im Haus meiner Eltern ein weiteres Album mit über einem Dutzend Bildern von Helen fand. Eines davon, auf dem sie ungefähr siebzehn ist, nimmt den Platz des alten Fotos ein, auf dem ich fast nichts mehr erkennen konnte. (Ob die Zeitmaschine irgendwelche Strahlungen abgibt, die die Fotos zerstören? Manchmal habe ich das Gefühl, als verblasse das neue Bild von Helen noch rascher als das alte, und zwar umso stärker, je weiter mich die Maschine in die Vergangenheit bringt.)

Zwei katastrophale Rückschläge. Einer meiner Assistenten hat die Arbeit im Stich gelassen, weil, wie er sich ausdrückte, »die ganze Angelegenheit verrückt« sei. Dabei schaute er mit einem merkwürdigen Gesichtsausdruck Helens Bild an (es ist bereits das siebente). Ob er etwas ahnt?

Mein zweiter Assistent starb heute Morgen unter sehr unglücklichen Umständen. Bei einem letzten Probelauf der Maschine geriet er aus Versehen in die Schlacht von Verdun.

Ein Schrapnellsplitter traf ihn, ehe er sich in die Maschine zurückziehen konnte.

Aber ich muß noch einige Jahre weiter zurück, vor den Ersten Weltkrieg. Und das alles ohne Hilfe. Ich wage nicht, neue Mitarbeiter anzuwerben und einzuweihen.

Der Kampf mit der Vergangenheit ist so zäh und aufwendig!

Ob ich dich jemals treffen werde, Helen?

Ich mußte es selbst wagen! Die Reise war grauenvoll. Warum haben meine Assistenten mir davon nichts berichtet – daß es einem im Verlauf eines größeren Zeitsprungs das Innerste nach Außen kehrt? Aber was sind solche kleinen Opfer großer Übelkeit, wenn das Abenteuer gelingt.

Ich stieg jedenfalls irgendwann (zum Glück mitten in der Nacht) im Damals aus der Zeitmaschine, tarnte sie so gut es ging und wanderte dann in das Städtchen, in dem Helen aufgewachsen ist. Ich wollte sie kennenlernen, als sie noch so jung und schön war, wie die Fotos sie zeigten (die nun alle zerstört sind). Auf jeden Fall wollte ich sie vor jenem Sommerball treffen, auf dem ihr zukünftiger Mann erstmals in ihr Leben trat. Sonst wäre die Angelegenheit nur unnötig kompliziert worden.

Mühe machte es mir zunächst, das genaue Datum herauszufinden. Dann kam mir die richtige Idee: Eine aktuelle Tageszeitung!

Also: Heute ist der 26. Juli 1913. Noch ein gutes Jahr bis zum Ausbruch des Ersten Weltkriegs.

Als ich sie dann tatsächlich sah, hätte ich sie fast nicht erkannt. Mit den Bildern war auch die Erinnerung an sie ein wenig verblaßt. Anders kann ich es mir nicht erklären. Sie schob einen Kinderwagen, und im ersten Moment dachte ich voller Schrecken, es sei alles falsch gelaufen, ich sei zu spät gekommen. Doch ich konnte die Fassung bewahren. Ich war verliebt in sie von der ersten Sekunde an, in der ich sie als Helen erkannte. Dabei hatte ich solche Angst gehabt, daß die Wirklichkeit mich enttäuschen würde, daß ich all die Jahre einem Trugbild meines Unbewußten nachgelaufen sein könnte.

Sieben Tage nach dieser Begegnung sprach ich sie zum ersten Mal an, nach einer Woche voller Unruhe. Sie saß auf einer Bank im Kurpark und las in einem Buch. Mit einer Verbeugung fragte ich, ob ich Platz nehmen dürfe. Natürlich rechnete ich damit, daß sie konsterniert aufstehen und weggehen würde. Aber sie schien einem kleinen Abenteuer nicht abgeneigt. Sie bekam einen roten Kopf und sagte: »Aber bitte, mein Herr.«

Offensichtlich war ich respektabel. Im Pavillon gegenüber spielte die Kurkapelle flotte Märsche. Eine vierspännige Kutsche mit einem Uniformierten darin rollte vorbei. Alle Leute reckten neugierig die Hälse, auch Helen.

»Wer ist das, gnädiges Fräulein?«

»Seine Majestät, der Kaiser«, erwiderte sie vorwurfsvoll.

Mehr geschah nicht. Als ich mich einige Minuten später empfahl, weil ich vor Nervosität nicht mehr stillsitzen konnte, fragte ich nach einer belanglosen, für mich völlig unwichtigen Straße. Zerstreut gab sie mir Auskunft, offenbar völlig in ihren Roman vertieft. (Ja, soviel konnte ich immerhin von ihr erfahren: daß sie die Geschichte einer Madame Bovary von einem gewissen Flaubert lese, einem Franzosen. Es war entzückend, an der aufflammenden Röte ihres Gesichts abzulesen, daß sie sich offensichtlich schämte, einem fremden Menschen, einem fremden Mann noch dazu, *so* eine Lektüre zu bekennen! Ich muß mir den Roman besorgen – eine Bildungslücke, aber als Physiker kommt man eben nicht viel dazu, Bücher zu lesen und schon gar nicht Romane für Frauen.)

Helen war keineswegs abweisend, und später, als ich sie näher kannte, gab sie mir deutlich zu verstehen, daß sie mich auf der

Bank nur getäuscht habe. In Wirklichkeit nämlich hatte sie mich die ganze Zeit von der Seite verstohlen studiert, und der Roman sei ihr ziemlich egal gewesen in diesen Augenblicken.

Bald ergab sich eine weitere Gelegenheit, einige Worte mit ihr zu wechseln. Es war Sonntag, sie kam gerade mit Eltern und Geschwistern aus der Kirche. Während die anderen sich angeregt unterhielten, stand Helen gelangweilt abseits. Sie schaute den anderen Kirchgängern nach, die sich langsam zerstreuten. Weil mir nichts Besseres einfiel, fragte ich sie wieder nach irgendeiner Straße. Viel lieber hätte ich ihr einen großen Strauß Blumen geschenkt. Sie erinnerte sich an mich, fragte ungeniert, ob ich fremd sei in Baden-Baden oder gar in Deutschland.

Nein, das nicht, erwiderte ich, ich käme aus Süddeutschland. Aber woher ich wirklich kam, das konnte ich ihr natürlich unmöglich verraten.

Später ergaben sich andere Gelegenheiten, ihr den Hof zu machen, ganz *zufällig* mit ihr ins Gespräch zu kommen. Es schien für sie zunächst ein amüsantes Spiel zu sein, auf das sie der Abwechslung halber einging. Eines Tages wurde ich schließlich von ihren Eltern eingeladen. Ganz offiziell. Ich sei doch Mathematiker und Physiker, ein Gelehrter von Rang, weit herumgekommen. Ihre Tochter Helen habe von mir berichtet, und da das Mädchen unbedingt studieren wolle, zu diesem Zweck aber vom Lyzeum auf das Jungen-Gymnasium überwechseln müsse, für das sie Kenntnisse in den naturwissenschaftlichen Fächern benötige – kurz, man wäre nicht abgeneigt, mich zu bitten, ihr Privatunterricht zu erteilen – bei angemessener Honorierung natürlich. Ich wunderte mich, denn meines Wissens konnten Frauen damals noch gar nicht studieren – und ein einziges Mädchen in einem Jungengymnasium? Nein, nein, das sei eine private Institution und man habe auch einige – finanzielle – Hebel in Bewegung setzen und Beziehungen spielen lassen müssen, aber ihre Tochter sei ihr Ein und Alles und dafür seien sie auch viel zu opfern bereit.

Derlei Privatissima erfuhr ich selbstverständlich erst nach einer gewissen Zeit, in der man mich besser kennenlernte und Vertrauen zu mir gewann. So ein Doktortitel, gar der eines Privatdozenten oder Professors (zum richtigen Professor habe ich es allerdings nicht geschafft – war mir einfach nicht des Katzbuckelns und Anpassens wert), das ist eine feine Sache – auch wenn ich gewaltige

Mühe gehabt hätte, meine diesbezüglichen Zeugnisse herbeizuschaffen und in concreto zu präsentieren. –

Doch ich eile der Zeit voraus (ein sehr makabrer Scherz, was ich da so unbedacht hinschreibe!). In der vierten Unterrichtsstunde, wir sprachen gerade über die Newtonsche Himmelsmechanik (von Einstein und seiner Relativitätstheorie, von Atombomben, Mondflug und Computern schwieg ich wohlweislich), da berührten sich wie aus Versehen unsere Hände. Einige Tage später nahm ich all meinen Mut zusammen und fragte sie, ob sie meine Frau werden wolle.

Helen sah mich mit ihren dunklen Augen groß an. Dann verzog sie das Gesicht, konnte kaum an sich halten vor Lachen und platzte schließlich heraus mit den Worten: »Aber Professor! Sie sind doch viel zu alt für mich!«

Da habe ich nun all die Jahre an dieser verdammten Maschine gearbeitet, habe meine Ideen, meine Gefühle und nicht zuletzt mein gesamtes Vermögen in dieses eine gewaltige Projekt investiert. Ich habe sogar mein Ziel fast erreicht. Aber ich habe bei alledem nicht gemerkt, daß ich gealtert bin, bis ich schließlich eine der wichtigsten Voraussetzungen für eine solche Liebe nicht mehr erfüllen konnte. Sie war siebzehn. Und ich war an die siebzig!

Später, in meiner Pension, nahm ich ein starkes Beruhigungsmittel. Allmählich ordneten sich meine Gedanken wieder. Und irgendwann schlief ich auch ein. Inzwischen ist mir klar, was ich tun muß. Ich liebe Helen mehr denn je. Ich werde ihr weiterhin diesen Privatunterricht geben, dreimal in der Woche. Wahrscheinlich werde ich ihr ab und zu Avancen machen. Vielleicht werde ich sie auch einmal in einer schwachen Stunde, etwa bei einem Fest, wenn sie und ich einen Schwips haben, in die Arme nehmen und küssen, ganz väterlich.

Aber schon jetzt weiß ich, daß für immer verloren ist, was ich mir vor vielen Jahren einmal träumend ersehnte. Ich ahne auch, was weiter passieren wird. Sie lernt ihren Mann auf einem Sommerball kennen – meinen Vater. Die beiden werden heiraten, zusammen ein Kind zeugen und großziehen – mich.

Meine Mutter hat mir, als ich noch ein kleiner Junge war, oft von jenem merkwürdigen, greisen Privatlehrer erzählt. So langsam erinnere ich mich immer deutlicher daran. Sie erzählte von jenem Professor, der so verrückte Dinge über die Zukunft phantasierte. Der den Ersten Weltkrieg richtig erahnte. Der sich mit geschickten Spekulationen an der Börse ein kleines Vermögen erwarb und es als einer der wenigen über Kriegswirren und Inflation retten konnte, weil er es rechtzeitig in Grundstücken anlegte. (Nur dieses riesige Vermögen erlaubte mir später, den Bau und Betrieb der Zeitmaschine zu finanzieren – welche Ironie!)

Was sie dem kleinen Jungen nie erzählt hat, waren seine unermüdlichen Versuche, ihr den Hof zu machen.

Eines Tages hat dieser seltsame Mann bei einem lächerlichen Anlaß den Vater dieses Jungen mit einem Revolverschuß getötet und sich anschließend selbst eine Kugel in den Kopf gejagt. Er kam dabei allerdings nicht um, sondern erblindete und starb erst viele Jahre später in geistiger Umnachtung. Er hat den angestauten Neid und Haß und die Eifersucht wohl nicht länger ertragen.

Aber noch lebe ich. Vielleicht gelingt es mir diesmal, den ewigen Kreislauf der Zeitreisen zu durchbrechen. Irgendwie muß ich doch diese Maschine bauen! Wie aber kann ich das, wenn ich blind und wahnsinnig in einem Irrenhaus dahindämmere?

Nichts scheint mehr sicher zu sein. Alles ist im Fluß. Wie heißt es bei Sophokles?

»Denn viele Menschen sahen auch in Träumen schon sich zugesellt der Mutter. Doch wer alles dies für nichtig achtet, trägt die Last des Lebens leicht.«

Sechs nette Untermieter

Tja, da sitzt er nun auf dem roten Teppichboden seines Zimmers und spielt mit diesen neuen Bauklötzen, unser kleiner Sohn. Er ist noch keine zwei Jahre alt, fängt gerade erst an, richtige Sätze zu sprechen, spielt, quengelt, tollt herum wie jedes andere Kind in seinem Alter. Aber obwohl er so normal ist, kann man Axel doch nicht als gewöhnliches Kind bezeichnen. Zum Beispiel diese Bauklötze. Nach außen hin sehen sie aus wie tausend andere Bauklötze auch. Man kann sie aufeinanderstapeln zu Türmen, kann Mauern und allerlei Gebäude damit errichten. Und doch ist das, was unser Jüngster damit macht, weit mehr. Was er wirklich bastelt, wenn er die holzähnlichen Blöcke und Bretter aufeinander- und aneinander legt, wissen wir nicht. Wir haben keine Ahnung. Auch sonst hat offenbar niemand hat auch nur die geringste Ahnung, was unser Sohn da tut. Der Psychologie-Professor aus New York ebensowenig wie der Mathematik-Professor aus London, die neulich zusammen mit einigen anderen Wissenschaftlern von höchstem Rang unseren Axel untersucht haben.

Nur einer scheint genau zu wissen, was der Kleine da baut. Und er antwortet ihm – indem er mit anderen Klötzen ähnliche Sachen gleich daneben hinstellt. Es ist fast so, als würden die beiden sich mit Hilfe dieser *Bausteine* und den daraus gefertigten Gebilden verständigen. Der eine fängt an, es entsteht vielleicht ein merkwürdiges Haus. Dann hält er inne, schaut erwartungsvoll oder fragend oder auch einfach nichts sagend sein Gegenüber an. Das denkt kurz – manchmal auch sehr lange – nach. Und türmt dann seinerseits Steine aufeinander. Dann verändern sie vielleicht gegenseitig diese seltsamen Gebilde. Schütteln die Köpfe wie alte weise Männer. Und hin und wieder streiten sie sich sogar.

Ab und zu passiert es, daß Axel uns mit seinem noch sehr unbeholfenen Deutsch etwas mitteilt. Wir notieren das dann, zeichnen es natürlich gleichzeitig mit DVD-Recorder optisch und akustisch auf. Das hört sich dann an wie: »Has-la-wuch nie ein groß Kugelhaufn« oder ähnlich. Wir schicken diese Aufzeichnungen schleunigst weiter an das wissenschaftliche Institut, das man vor einem Jahr extra für diesen Zweck gegründet hat. Und wissen sonst nichts, als daß da etwas ungeheuer Wichtiges vor sich geht: Zwischen unserem Sohn und diesem anderen. Verstehen tun wir überhaupt nichts, weder meine Frau noch ich, obwohl wir beide nicht gerade dumm sind und eine gute Ausbildung genossen haben.

Inzwischen sind wir daran gewöhnt, daß Axel mit diesem Typen im merkwürdigen Ringelhemd und dem nicht weniger merkwürdigen schwarzen Turnhöschen spielt. Wenn man das überhaupt noch *spielen* nennen kann.

Was und wie da alles inzwischen läuft, wissen Sie ja. Das begann vor ziemlich genau zwei Jahren. Und wenn mir auch sonst alles unbegreiflich ist, was damals passierte, eines weiß ich gewiß: Es war kein Zufall. Die anderen haben mit Absicht *uns* für ihre rätselhaften Zwecke ausgewählt, und zwar ganz gezielt. Und ebenso gewiß ist mir, daß sie es weniger auf meine Frau und mich, als auf unser Kind abgesehen hatten, das damals noch nicht einmal geboren war. Aber von Axel habe ich ja schon erzählt.

Wie das alles genau kam, wollen Sie wissen? Nun, das war so …

Seit einem halben Jahr hatten wir nach einer passenden Wohnung gesucht. Das Häuschen am Stadtrand, vor dem wir nun standen, war unsere letzte Hoffnung. Es sah nicht sehr neu aus, und die Fenster waren klein – aber es gefiel uns, vor allem wegen der ruhigen Lage.

Nur eines störte: Der Vermieter hatte sich geweigert, uns zu begleiten. Ja – er hatte sich richtiggehend geweigert. Als meine Frau nach einer Erklärung für sein merkwürdiges Verhalten fragte, wich er aus, das spürten wir deutlich. Während wir durch den verwilderten Vorgarten gingen, sagte Helen: »Irgendetwas gefällt mir nicht an diesem Haus …«

»Vielleicht, daß es so abseits von den Nachbarn liegt?«

»Ich kann es dir nicht sagen – aber wir werden es ja vielleicht gleich sehen.«

Ich zog den Schlüsselbund aus der Tasche, den der Vermieter mir übergeben hatte, ohne selbst mitzukommen. Auch das war merkwürdig. Genau wie die Tatsache, daß der Mann, der das Häuschen vor uns bewohnt hatte, bereits vor einer Woche ausgezogen war. Es kam mir vor, als sollten wir diesem Haus ganz allein gegenübertreten, ja, genauso kam es mir vor. Ehe ich aufschloß, sah ich meine Frau noch einmal fragend an. Sie zuckte nur die Achseln.

»Was soll schon sein, Klaus. Vielleicht spukt es da drin, oder vielleicht hat man alle Vormieter auf schreckliche Weise umgebracht. Wir wollen froh sein, daß wir uns die Miete leisten können und daß ein Garten da ist, in dem unser Kind spielen kann.« Unwillkürlich strich sie über ihren Bauch, der sich schon sichtbar wölbte. Ich gab mir einen Ruck und trat ein. Es war ein schöner Sommernachmittag, und das Sonnenlicht füllte den kleinen Vorraum mit der Garderobe. Die Tür zum Treppenhaus stand bereits offen. Auch dort war es hell, vom Oberlicht her.

»Wenn die Fenster geputzt sind, wird es noch schöner sein«, sagte Helen. Sie begann sich offensichtlich schon heimisch zu fühlen. Sie inspizierte die Küche, öffnete den geräumigen Eisschrank und den erstaunlich modernen Elektroherd, knipste der Reihe nach die Lampen an, warf einen kritischen Blick in das Bad und die separate Toilette und sagte dann spürbar erleichtert: »Mir gefällt es.«

Als ich über die Schwelle des Wohnzimmers trat, faßte ich sie unwillkürlich am Arm. »Au, du tust mir weh«, protestierte sie.

»Psst, was war das für ein Geräusch?«

»Geräusch? Ich habe nichts gehört.«

Nervös ging ich weiter. Und blieb überrascht vor dem leeren Bücherregal stehen, das die Nordwand des großen Raumes bedeckte. »Kannst du dich entsinnen, ob wir eine Ablösung bezahlen müssen?«

Helen verneinte. Sie kramte aus ihrer Handtasche den Zeitungsausschnitt mit der Annonce und studierte ihn. »Da steht nichts von einer Ablösung.«

»Hoffentlich ist das kein übler Trick. Es wird ja immer seltsamer – das Regal ist mindestens tausend Euro wert. Und daß auch die Deckenlampen zurückbleiben, wenn jemand auszieht, ist höchst ungewöhnlich. Es kommt mir bald so vor, als wolle uns jemand richtiggehend ködern, damit wir das Haus auch wirklich mieten.«

»Ich glaube, du spinnst«, sagte Helen nur. Manchmal konnte sie sich sehr drastisch ausdrücken. Als wir den nächsten Raum betraten, den wir als Schlafzimmer vorgesehen hatten, glaubte ich erneut, dieses Geräusch zu hören. Es klang wie ein leises Kichern. Und es schien von oben zu kommen. Helen war bereits damit beschäftigt, die Länge der Wände auszumessen, und hatte für nichts anderes Interesse.

»Da paßt unser Doppelbett hin«, sagte sie. »Und hier stellen wir den spanischen Schrank hin und dort den Kleiderschrank. Heh, du hörst mir ja gar nicht zu, Klaus.«

»Doch, doch, Liebes«, sagte ich zerstreut.

»Was ist denn?«

»Ich schau mich mal oben um. Vielleicht ist der Vormieter noch da und pennt. Er muß ja eigentlich erst am Wochenende ausziehen.«

»Wir haben doch schon sämtliche Schlüssel bekommen! Aber schau nur nach«, sagte sie beleidigt. »Ich kann ja sehen, wie ich mit all diesem Kram allein fertig werde.«

»Ich bin sofort wieder da, und dann höre ich dir ganz aufmerksam zu.«

Die Treppe zum anderen Stockwerk knarrte leise, als ich auf die erste Stufe stieg. Mit wenigen Schritten war ich oben. Ich betrat das Zimmer mit den schrägen Wänden, das ich mir als Arbeitszimmer einrichten wollte. Aber ich kam nicht weiter als bis zur offenen Tür. Dort blieb ich angewurzelt stehen. Ich muß einige Minuten so verharrt haben, denn Helen kam neugierig hinter mir die Treppe herauf und fragte ahnungslos: »Na, ist der Vormieter noch da?«

Dann sah sie, was ich gesehen hatte und immer noch nicht fassen konnte. Die sechs kleinen Affen, die auf einer Art Wäscheleine saßen, blickten uns nur stumm an. Sie hatten weißblaue Ringelhemden und schwarze Höschen an, und das machte einen so komischen Eindruck, daß wir beide in ein befreiendes Gelächter ausbrachen.

»Das ist doch nicht zu fassen«, prustete ich endlich. »Sechs Schimpansen!«

»Schimpansen?«, fragte Helen. »Für mich sehen sie mehr wie Orang Utans aus.«

»*Du* hast Biologie studiert«, sagte ich, »du mußt es ja wissen. Für mich sind sie nur unglaublich komisch.«

Und genau in diesem Augenblick passierte das Allerverrückteste. Wie auf ein Kommando drehten sich alle sechs Affen um und kehrten uns, leise auf der Leine schaukelnd, den Rücken zu.

»Jetzt hast du sie beleidigt«, rief Helen.

Sie konnte da noch nicht wissen, wie recht sie hatte.

Eine halbe Stunde später war die Hölle los. Ich versuchte verzweifelt mit Hilfe des Telefons in der Diele den Hausbesitzer zu erreichen. Oben tobten die sechs Affen wie verrückt durchs Zimmer und veranstalteten einen Höllenspektakel. Der Spaß hatte für mich längst aufgehört. »Die Viecher müssen raus!«, brüllte ich. »Und zwar schnellstens!«

Helen schien mich nicht zu hören. Sie richtete bereits im Geiste ein Zimmer ein. »Du bist der Mann«, hatte sie gesagt. »Schau, wie du mit dem Problem fertig wirst.«

»Du hast Biologie studiert«, rief ich zum zweiten Mal, nun schon vorwurfsvoller, »und du hast ein Praktikum im Zoo absolviert. Du weißt viel besser, wie man mit solchen Ungeheuern umgehen muß.«

»Ich bin schwanger und bekomme in zwei Monaten ein Kind, mit dem ich umgehen muß. Alles andere ist mir gleich!«

Endlich wurde der Hörer am anderen Ende abgenommen.

»Herr Hinterhuber, sind Sie das?«, fragte ich wütend.

»Ja, warum?«

»Hören Sie, Herr Hinterhuber. Ihr Häuschen ist wunderschön, und auch der Garten gefällt uns, und daß wir zehn Minuten zur nächsten Bushaltestelle laufen müssen, stört uns nicht – aber schaffen Sie uns diese Affen vom Hals!«

»Affen? Ach ja, schon Ihre Vormieter haben sich darüber beschwert. Tut mir Leid – aber die Tiere müssen Sie übernehmen. Sonst kann ich Ihnen das Haus nicht geben.«

»Warum denn das, um Himmels willen?«

»Ganz einfach: Weil denen das Haus gehört.«

»Was?«

»Ja, das Haus gehört den Affen. Ich bin nur ihr Verwalter.«

Dieser Teil der Geschichte ist rasch zu Ende erzählt. Wir haben das Haus genommen; schließlich bekommt man nicht alle Tage in Großstadtnähe hundertzwanzig Quadratmeter Wohnung mit Garten für vierhundert Euro. Zähneknirschend haben wir auch die Affen übernommen – vor allem, nachdem wir erfuhren, daß wir auf einem Konto der nahe gelegenen Sparkasse jeden Monat tausend Euro abheben konnten, die zur Versorgung der Affen dienten. Aber die sind sehr genügsam: viel Rohkost, kein Fleisch, nur ab und zu mal ein Hummer oder eine große (!) Dose echten Kaviars, ja, das mögen sie. Was sie nicht selbst verbrauchten von dem Geld, durften wir für uns behalten. Das war fast so viel wie die Miete.

Um mir mehr Gewißheit zu verschaffen, habe ich auch einige unserer Vormieter besucht. War allerdings wenig bis gar nicht ergiebig. Sie erzählten mir schauerliche Geschichten. »Die Biester haben mich terrorisiert und bis aufs Blut gequält«, sagte der eine und zeigte mir einige kleine Narben. Die anderen berichteten Ähnliches. Und ihren Vorgängern war es wohl nicht anders ergangen. Ich hatte schließlich das Glück, den Hausverwalter zu einem ausgedehnten Gespräch bewegen zu können. Er ist jedoch ein etwas einsilbiger Mensch, der zudem mit Geistesgaben nicht sonderlich gesegnet ist. Schon das hätte mich stutzig machen müssen. Er sagte im Grunde nur dies: Er sei eines Tages in der Nähe des Hauses in einem Wäldchen spazieren gegangen, als einer der Affen ihn angesprochen habe.

»Angesprochen?«, hakte ich verblüfft nach.

»Ja, ja – er hat gesagt, ich solle dieses Häuschen kaufen. Und er gab mir ein dickes Bündel 500-Euro-Scheine ...«

Ich schluckte die Bemerkung hinunter, die mir auf der Zunge lag.

»Und dann habe ich eben das Häuschen gekauft und das restliche Geld auf einem Konto bei der Sparkasse eingezahlt.«

»Und niemand hat nachgefragt, woher Sie das Geld hatten?«

»Ne, sollte man das tun?«

»Na ja, immerhin mußten Sie zu einem Notar, bei der Bank gab es einiges zu tun und auch sonst ...«

»Ach nee, ich hatte immer einen der Affen dabei, der saß ganz brav in meinem Rucksack und rührte sich nicht.«

»Auf die Idee, das restliche Geld zu behalten, sind Sie nicht gekommen?«

Er zögerte mit der Antwort; offensichtlich war ihm meine Frage peinlich. Schließlich kratzte er sich verlegen am Kopf und sagte: »Na ja, daran gedacht hab ich schon. Aber im selben Moment, als ich diesen Gedanken hatte, bekam ich von hinten einen irren Schlag gegen den Kopf und fiel um. Und seitdem hab ich nicht mehr an so was gedacht.«

»Wer hat sie denn geschlagen?«

»Ich weiß es nicht. Ich war allein in meiner Wohnung – die Affen zahlen mir die. Ich wohne hier zur Miete, wissen Sie, und –«

»Schon gut«, winkte ich ab. Ich wußte genug. Schließlich bin ich Psychologe, zwar nicht praktisch tätig, sondern mehr theoretisch, als Sprachforscher. Aber soviel wußte ich: daß dieser Mann zu schwachsinnig war, um so eine Geschichte zu erfinden. Der Satz, den er mir nachrief, als ich ging, bestätigte meine Vermutung nur noch:

»Wissen Sie, der Schlag kam eigentlich nicht von hinten, er kam von innen, von ganz innen drin ...«

Im neuen Haus angekommen, sagte ich zu Helen nur einen Satz: »Ich pack sofort die Koffer. Wir ziehen aus. Sofort.«

Sie protestierte nicht. Sie hatte verstanden. Als ich wieder zu mir kam, als ich aus diesem bodenlosen Abgrund auftauchte, in den ich jählings gestürzt worden war, sah ich ihr Gesicht ängstlich und besorgt über mir schweben. Da verstand auch ich etwas.

»Das also ist – der Schlag – der – von ganz – innen – kommt«, stöhnte ich.

»Was ist los mit dir, Klaus, du bist plötzlich ohnmächtig geworden! Laß uns schnell von hier weggehen«, sagte sie.

Ich rappelte mich mit ihrer Hilfe auf. Langsam klärten sich meine Gedanken wieder. Dann packte mich die Wut. Ich rannte die Treppe zum Oberstock hinauf und stürmte in das *Affenzimmer*, wie wir es inzwischen nannten. Da saßen sie, diese verdammten Mistkerle, in ihren lächerlichen weißblauen Ringelpullovern. Und wendeten mir indigniert den Rücken zu. Sie gaben keinen einzigen Ton von sich, nicht einmal das alberne Kichern, das sie sonst gelegentlich äußern.

»Wer immer ihr seid!«, brüllte ich mit vor Wut überschnappender Stimme. »Mit mir könnt ihr das nicht machen, hört ihr! Mit eurem schwachsinnigen Verwalter vielleicht – aber nicht mit mir. Ich habe Verstand genug, zu durchschauen, was hier gespielt wird!«

Es war kaum zu glauben – aber just in diesem Augenblick drehte der Affe, der links außen saß, seinen Kopf und sah mich aus seinen riesengroßen braunen Augen treuherzig an. Er bleckte grinsend die Zähne. Sonst tat er nichts, und die anderen wendeten mir weiterhin den Rücken zu.

»Wir ziehen aus!«, brüllte ich. »Wir wollen mit euch genauso wenig zu tun haben wie unsere Vorgänger. Basta!«

Als ich aus der Finsternis der nächsten Ohnmacht wieder zu mir kam, wußte ich, daß ich verloren hatte. Die Affen waren zu mächtig. Erschöpft taumelte ich hinunter zu Helen.

»Du kannst wieder auspacken. Wir bleiben hier.«

»Klaus, ich versteh nicht …«

»Du wirst bald verstehen. Sie wollen, daß wir bleiben. Genauer gesagt: Sie lassen uns nicht gehen.«

»Aber warum denn, um Himmels willen? Und wie wollen sie es verhindern? Es sind doch nur Tiere, Affen, wenn sie auch einer Art angehören, die ich noch nie gesehen habe.«

»Ich fürchte, es sind nicht nur Tiere. Und ich wünsche dir wirklich nicht, daß sie dir zeigen, wie sie es verhindern, daß man sie im Stich läßt. Nur eines weiß ich noch nicht: Wer sie wirklich sind und wo sie herkommen.«

»Wo sie herkommen?«

»Ja. Aber ich werde es herausfinden, das schwör ich dir!«

Der Traum, den ich in der folgenden Nacht hatte, gab mir einen ersten Hinweis. Ich träume sehr viel, aber so etwas hatte ich vorher noch nie gesehen. Ich sah eine Landschaft, die von einem unwirklich bläulichen Licht beschienen wurde. Am Himmel hingen zwei Monde – ja, zwei, stellen Sie sich vor. Der eine sah aus wie hellgrüner, der andere wie dunkelgrüner Schweizer Käse – voller großer Löcher, vermutlich Krater. Rings um mich glühten Bäume und Sträucher in allen Farben des Regenbogens und erhellten die Dämmerung. Dann sah ich eine Art Denkmalsockel, der auf einer Lichtung stand. Darauf saß einer unserer Affen oder ein anderer der gleichen Rasse. Und er sprach zu mir. Ich verstand nicht genau, was er sagte. Aber ich wußte ganz sicher: Dies war der Anfang eines Unterrichts, in dem ich lernen würde, ihn zu verstehen.

Und nun kommt der Hammer: Helen hatte haargenau den gleichen Traum. Auch wenn Sie kein Psychologe sind, werden Sie verstehen, daß das sehr ungewöhnlich ist. Mit höchster Wahrscheinlichkeit haben noch nie zwei Menschen haargenau dasselbe geträumt. Ich habe inzwischen eine Menge traumpsychologischer Literatur studiert – das Internet ist ja voll davon. Solche Paarträume gibt's jede Menge, mit ähnlichen Inhalten. Aber so exakt die selben – niente!

Das Ende der Geschichte kennen Sie ja inzwischen. In weiteren *Träumen* lernten wir immer mehr über diese Geschöpfe. Und wenn Sie heute Abend unsere sechs *Affen* zum ersten Mal im Fernsehen auftreten sehen, werden Sie ebenfalls wissen, daß es die Mannschaft der ersten Expedition aus einem fernen Sonnensystem ist, die unseren Planeten Erde besucht.

Jetzt wissen Sie auch, wie sie den ersten Kontakt mit uns Menschen aufnahmen. Doch ich habe den Verdacht, daß erst unser Sohn sie richtig verstehen wird. In einigen Jahren. Er wird uns allen dann weit voraus sein. Wir sind schon zu alt für solche großen Entwicklungssprünge. Ich hoffe nur zu Gott, daß Axel irgendwann begreift, daß *wir* seine eigentlichen Erzieher sind, Helen und ich, und nicht diese verdammten Affen aus dem Weltraum. Neulich habe ich ihm verboten, am Fernseher herumzuspielen – er ist ja gerade erst mal zwei Jahre alt. Daraufhin hat er mich ganz seltsam angeblickt, so als wollte er mir zu verstehen geben: »Sei ja vorsichtig, sonst passiert gleich was!«

Das eigenartige lähmende Gefühl, das sich dabei in mir breitmachte, wie kurz vor einer Ohnmacht, hat mich sehr nachdenklich gestimmt. Wie soll das bloß werden, wenn er seine Fähigkeiten in diesem Tempo weiterentwickelt? Man kann Kindern doch nicht alles durchgehen lassen, wo führt das denn hin?

Schrei! Dich! Frei!

Als ihm die Bank den Kredithahn zum dritten Mal zudrehte – nein, wir sollten anders beginnen:

Als er geboren wurde, hieß Ambrosius mit Nachnamen Schattenfroh, genau wie seine Eltern und deren Eltern und deren Voreltern, jedenfalls auf der väterlichen Linie. Woher dieser Name kam, wußte niemand. Weiß auch heute noch niemand. Mit Vornamen hieß er, wie gesagt, Ambrosius – nein, schon wieder falsch. Sein Vater wollte ihn damals unbedingt *Androsius* nennen.

Niemand wußte, wie er gerade auf diesen Namen kam. »Das geht nicht«, meinte der Standesbeamte, »solche Phantasienamen sind nicht erlaubt. Wie wäre es denn mit Ambrosius? Das klingt doch sehr ähnlich – und damit gibt es überhaupt keine Probleme.«

Sein Vater paßte sich nach einigem Hin und Her den Wünschen der standesamtlichen Obrigkeit an. Aber er tat dies nur zähneknirschend. Als er auf dem Sterbebett lag, erzählte er es dem Sohn. Der war gerade dreizehn geworden und schwor dem Vater, daß er alles daran setzen würde, den ursprünglich vom Vater gewünschten Namen zu tragen – und sei es heimlich. Ich denke, das erklärt vieles von Ambro-, ich meine, Androsius' späterem Schicksal und seinem Verhalten als erwachsener Mann.

Sein bäuerlicher Onkel mütterlicherseits schenkte ihm als zweiten Vornamen das I (für Ignatius) und dann nie wieder etwas. Während des Studiums der Kybernetik an einer renommierten Universität lernte er Euphilia Darintes kennen, eine dunkle Schönheit aus Griechenland. Er begegnete ihr zufällig, als sie beide Aushilfsjobs während einer Messe für Nahrungs- und Genußmittel hatten – wie sinnig!

Jedenfalls verliebte er sich in die etwas ältere Psychologie-Studentin und wechselte das Studium, um von nun an ihren Spuren zu folgen. Es gelang ihm auch, sie zu erobern und zu heiraten, und da er ein emanzipierter moderner Mann war, nahm er ihren Familiennamen an. Er hieß nun Androsius I. Darintes-Schattenfroh. Der Name paßte prächtig zu dem, was er vorhatte: Er wollte Spezialist für Verhaltenstherapie mit Bettnässern werden. Zunächst lief alles gut, und er baute energisch seine Praxis auf. Währenddessen konzentrierte sich seine Frau fortan frohgemut auf das Lesen entwicklungspsychologischer Fachliteratur, und gemeinsam setzten sie ihre vielen Kinder in die Welt, die sie großzog, darin ganz traditionsbewußte mediterrane Ehefrau, und ihm war's nur recht. Seine Mutter hatte schließlich auch nichts anderes getan, als ihn zu bemuttern.

Schlimm wurde die Sache eigentlich erst mit der Brüll-Katharsis. Denn da drehte die Bank ihm zum ersten Mal den Kredithahn zu.

Aber erzählen wir von Anfang an: Dazu müssen wir zur Kenntnis nehmen, daß Androsius, des verblichenen Vaters gedenkend und dem Eintrag in seinem Paß trotzend, sich gleich zu Beginn seines Studiums der Kybernetik als Vornamen den *Androsius* in den Studentenausweis eintragen ließ und ihn von da an überall, wo immer es ging, in jedes Dokument schmuggelte. Er schaffte es sogar, daß der Vorname in seinem Führerschein eingetragen wurde – »Ambrosius ist ein Tippfehler«, behauptete er bei der zuständigen Behörde. Die Sachbearbeiterin war jung und unerfahren und erlag nur zu gern seinem bäuerlichen Charme – na ja, das ist eine andere Geschichte. Viel wichtiger ist, wie es beruflich mit ihm weiterging. Den Führerschein hat er ohnehin nie benützt, das Autofahren überließ er seiner Euphilia. Ihm war es nur darum gegangen, die Fahrprüfung zu bestehen, denn er liebte Herausforderungen, gleich welcher Art. Er war ein Kämpfer, wie man daran schon sieht.

Also: Berufliches. Androsius Ignatius studierte nach Kybernetik zunächst Informationspsychologie, dann Klinische Psychologie, legte sich einige Jahre bei einem Lehranalytiker auf die Couch, machte dann, um seinen Erfahrungshorizont abzurunden, auch noch ein dreijähriges Training in Gestalttherapie und ein weiteres in Verhaltenstherapie. Danach ließ er sich »auf die Menschheit los«, wie er im Kollegenkreis einmal lachend sagte. Woraufhin er allerdings nicht lange in diesem Kollegenkreis blieb – was ihm aber egal war, da er sich ohnehin als Einzelkämpfer sah. Wichtiger noch: Er war ein wirklich begabter Psychotherapeut, ein geradezu unheimlich begabter. Der geborene Helfer. Für andere. Die dicke Probleme hatten. Die mit dem Leben nicht mehr zurechtkamen.

Sie strömten zu ihm. Sie bezahlten fünfzig Euro für eine Sitzung von fünfzig Minuten. Nicht viel auf dem freien Markt. Ging's mal länger, so klickte der Zähler am Ende der Couch munter weiter. Jede Minute ein *Klick*. Jedes *Klick* ein weiterer Euro. Seltsamerweise stimmte die Kasse aber nie. Er und Euphilia gaben einfach zu viel Geld aus, und er nahm zu wenig ein, so simpel war das. Beide konnten sie, hochintelligent wie sie in anderen Bereichen waren, einfach nicht rechnen. Klarer Fall von protahierend-progressiver Dyskalkulie – leider unheilbar, weil hirnorganisch bedingt. Dazu kam noch sein Helfertrip, ebenfalls unheilbar. War der Bank aber irgendwann beides völlig egal.

Androsius kam lange nicht hinter diesen Sachverhalt. Er war doch so unheimlich kreativ! Jedes Mal, wenn ein neuer Typ von hilfsbedürftigen Patienten kam – und auch das war ja, wie vieles auf der Welt, Moden unterworfen! –, stellte er seine Behandlungsmethode flugs um. Als er seine Praxis eröffnet hatte, etwa zehn Jahre zuvor, rollte gerade die Drogenwelle und schwappte sofort über Androsius. Er nagelte eben sein neues Praxisschild an die Haustür, als ein bleicher Fixer mit zerstochenen Venen an den nackten Unterarmen auf ihn zutaumelte und röchelte: »Hilf mir.«

Androsius half. Das sprach sich herum. Sie kamen und laberten ihm die Ohren voll mit ihren Schwierigkeiten, anständigen Stoff zu kriegen. Er besuchte sie im Knast und auf der Intensivstation, stand vor Gericht bei. Die Ersatzkassen übernahmen anstandslos die Kosten, denn er hatte einen tadellosen Ruf, war im richtigen Berufsverband und war Mitglied in den richtigen Kommissionen und Gremien.

Dann fand er eines abends bei seinem Spaziergang auf dem Gipfel des Olympiabergs im Norden der Stadt seinen zwölfjährigen Neffen. Der war bis über die Kiemen voll Hasch, wie Androsius sofort an den roten Kaninchenaugen sah. Der Neffe hatte sich einen Joint gedreht und bot diesen gerade Androsius' zehnjährigem Sohn Konradin an.

»Seid ihr wahnsinnig«, stöhnte Androsius. »Wenn euch jemand sieht!«

Er nahm den Joint an sich. Da griffen die Zivilfahnder vom Rauschgiftdezernat zu, die ihn schon lange auf dem Kieker hatten, weil er ihnen so manchen Fang aus den Krallen riß.

Der Sohn tauchte mit dem Neffen ab in eine Stadtindianer-Sponti-Kommune und wurde zum gefürchteten Spray-Teufel. Von ihm stammt der bekannte Wandspruch (den haben Sie bestimmt schon mal gesehen): »Lieber im Backwahn als im Rüstungsfieber«. Das lieferte der Friedensbewegung das Motto und das kreative Feuer für manchen heißen Herbst. Androsius aber hatte Mühe, die Richter zu überzeugen, daß er doch wieder mal nur völlig selbstlos helfen wollte. Ihm half diesmal keiner. Sein Anwalt war inkompetent und noch völlig durch den Wind, weil er gerade eine Psychotherapie bei Androsius hinter sich gebracht hatte, um seine – aber lassen wir die Details.

Androsius mußte nun selbst in den Knast, ohne Bewährung (»wegen Rückfallgefahr«), wenn auch nur für ein Jahr und sechs Monate. In Bayern fängt man sich das schnell ein, da spaßen sie nicht so mit Drogen wie anderswo. Doch Androsius wußte sich zu helfen: »Mach aus der Schwäche deine Stärke« war eines seiner Lebensmotti. Schon in der Untersuchungshaft erfand er die »Brüll-Katharsis«, und zwar folgendermaßen: Eines Abends, als draußen heiter der Frühling zwitscherte und ein herziges Eichhörnchen zu seinem vergitterten Fenster hereinspähte und ihm ein Nüsschen vom Vorjahr anbot, da hielt er es in seiner Zelle nicht mehr aus. Er band sich – einem mythischen Traum der vergangenen Nacht folgend – zwei Gabeln an den Kopf, und zwar so, daß die umgebogenen Zinken auf seine Augäpfel drückten, Funken auf den Netzhäuten sprühen ließen und höllisch weh taten. (Nähere Details dürfen hier nicht mitgeteilt werden, das könnte zu Mißbrauch führen; kompetente Veröffentlichungen demnächst in der Fachpresse.)

Androsius brüllte jedenfalls. Brüllte, bis er total heiser war. Genau darum ging es. Nicht um sein Heisersein, sondern um die geplatzten Trommelfelle seiner Zellennachbarn und der nervenzerrütteten Wärter. Die Therapie half. Man ließ ihn rasch frei (weil die Nervenheilanstalten ohnehin sämtlich überfüllt waren mit Opfern von gehör- und gehirnschädigenden Walkman- und i-Pod-Exzessen). Androsius aber ging heim, bestellte ein neues Türschild und annoncierte in allen einschlägigen Zeitungen und Magazinen:

»Brüll Katharsis!
Erfahrener Therapeut jetzt auch in Ihrer Stadt!
Bereit zu helfen, wem noch nichts half!«

Die Klienten kamen – aber sie kamen nicht in genügender Zahl. Als die Bank Androisus den Kredit erneut zu sperren drohte, weil ihm mittlerweile sieben Kinder die Haare vom Kopf fraßen, annoncierte er bescheidener:

»Therapie-resistent?
Rufen Sie mich an: A.I.D. – Tel. 12 ...«

Aber so richtig zu strömen begannen die Patienten erst, als er nur noch lakonisch in Untergrund-Blättern verkündete:

»Schrei dich frei mit Androsius!
Postfach 44 02 38 ...«

Der Zähler, den er mittlerweile an einen Computer angeschlossen hatte, tickerte munter, denn Androisus war ein fabelhafter, ein unglaublich erfolgreicher Therapeut. Aber wie das mit Moden so ist: Der Psycho-Boom bewegte sich von »laut« nach »leise«, von »hart« nach »sanft«: »Kreativ sein« hieß das neue Stichwort, und das wurde auch höchste Zeit. Denn jedes Mal, wenn es Androsius gelang, einem Patienten so richtig beizubringen, wie man sich freibrüllt, geschah das Unvermeidliche. Die zwölf Fenster seiner Praxis flogen aus dem Rahmen und ergossen sich als schaurig-schöner Scherbenregen in Nachbars Garten. Die anderen Mieter bekamen Schreikrämpfe der etwas anderen Art und ihre Klagen vor Gericht (denen von verständnislosen Richtern stets stattgegeben wurde) leerten Androsius' Bankkonto genau so wie die zwei wöchentlichen Mahnungen für jeweils zwölf noch nicht bezahlte Drei-Schicht-Thermopane-Scheiben. Dazu kam ein Antrag eines masochistischen Disco-Freaks aus der Kellerwohnung unter Androsius' Praxis an das zuständige Finanzamt, »diese Brülltherapie mit einer saftigen Vergnügungssteuer zu belegen«, weil sie ihn so antörne. Die Logik war dem zuständigen Steuerreferenten nicht ganz einsichtig, aber er kümmerte sich dennoch um Androsius und seine Praxis, was bei selbigem zu erklecklichen Nachzahlungs-Bescheiden führte.

Es kam, wie es kommen mußte: Androsius' Frau brannte – samt Kinderschar – mit einem arabischen Ölscheich durch. Androsius hatte diesen von einer Sexualneurose geheilt, das war die positive Seite der Angelegenheit, das muß zu seiner Ehre gesagt werden. Trotzdem war die Sache äußerst peinsam, denn Euphilia hatte ihm bislang widerspruchslos geholfen, seine Buchführung und all den anderen lästigen alltäglichen Kleinkram zu erledigen. Doch sie war es satt, immer wieder die Scherben aufzusammeln, wenn sich mal wieder jemand erfolgreich freigebrüllt hatte. Und das zwei- bis dreimal die Woche. Das hält das stärkste Eheweib nicht aus, nicht einmal ein mediterranes.

So schaltete Androsius rasch um. Ehe er in eine depressive Verstimmung versinken konnte, wurde er aktiv. Er annoncierte mit geliehenem Geld:

»Erfolgreich werden (auch finanziell!)
durch lebendiges Singen!
Unter Anleitung von SingSing-Therapist
A. I. Darintes-Shadowfree!
In Kalifornien erprobte Methode!
Nur wenige Wochen in dieser Stadt!«

Noch mehr Hilfsbedürftige wandten sich an ihn, als er auf allen Plakatsäulen, neben den U-Bahn-Rolltreppen und im Internet trocken aufforderte:

»Sing Dich frei!«

Wer ihm über das angegebene Postfach schrieb, bekam folgenden Brief:

Werte/r Dame/Herr,

Ihre Zusendung zeugt von großer Begabung. Singen Sie mir auf eine Tonkassette, was Ihnen so einfällt, und zwar in der kommenden Nacht (nach Erhalt dieser Unterweisung), ganz genau von Mitternacht bis ein Uhr. Legen Sie einen Hundert-Euro-Schein bei. Ich gehe detailliert auf den Inhalt, die Melodie und die Rhythmik ein und heile Sie, wovon immer Sie befallen sind!

Gegen eine Schutzgebühr von zwanzig Euro (Schein beilegen!) schicke ich Ihnen (portofrei!) meine Broschüre »Die Kunst, in einer Stunde ein Originalkomponist zu werden«.

Hochachtungsvoll
A. I. Darintes-Shadowfree

Zwischendurch heiratete er Won Gi Suusz, eine südkoreanische Schönheit, die er bei einem Asien-Trip kennen gelernt hatte, machte ihr das erste Kind und stürzte sich wieder in die Arbeit.

Zu seiner eigenen Überraschung strömten die Zuschriften, vor allem, nachdem er in überregionalen Blättern auf den Kontaktseiten annonciert hatte. Einige Tage lang stand er fassungslos in katatonische Starre versunken vor den Waschkörben voll dicker wattierter Briefumschläge mit besungenen Ton-Kassetten, CDs und Mini-Disks. Dann kam ihm die Erleuchtung. Er öffnete (nachts zwischen null und ein Uhr) Umschlag für Umschlag, nahm jeweils den Hunderter heraus und legte die leeren Kuverts (in denen er – ungehört – die Tondokumente beließ) nach DIN-Größen sortiert, Anschrift obenauf, in den Druckerteil seines noch weiter ausgebauten Computers. Der versah die alten Umschläge mit neuen Anschriften, indem er die Adresse von Androsius mit Adressen aus einer zweiten Datenbank überklebte und unten links einen neuen Absender anbrachte:

»I.A. Shadowfree-Darintes
HearHear-Therapeut, kreat. nabil. EASL
Post Box 44 02 38 ...«

Sie wissen es, und ich weiß es auch: »Shadowfree« ist eine sehr, sehr freie Übersetzung von Schattenfroh – aber Englisch war nun einmal nicht die Stärke von Androsius. Die Abkürzung EASL stand für etwas, das Androsius als sein größtes Geheimnis hütete und nicht einmal seinem Mikrocomputer anvertraute. (Wenn Sie das Geheimnis lüften wollen, schicken Sie mir einen Umschlag mit Ihrer Adresse und einem Hundert-Euro-Schein – oder lesen Sie einfach weiter). Die derart umadressierten Umschläge mit den zugeschickten und nun weitergeschickten Ton-Konserven gingen, gesegnet von der auralischen Berührung durch seine therapeutischen Hände, hinaus ins ganze Land, ja sogar über die Landesgrenzen hinweg weltweit an all jene, die Androsius angeschrieben hatten aufgrund einer anderen Serie von Annoncen, die in der gesamten einschlägigen Seelenberater-Presse und sogar im Werbefernsehen erschien:

»Mobilisieren Sie Ihre Kreativität
durch HearHear-Therapy EASL!
Nach A. I. Darintes-Shadowfree!«

In der zweiten Werbephase lautete es dann nur noch kurz und bündig:

»Hör! Dich! Frei!
Hear! You! Free!
mit I. A. Shadowfree-Darintes!«

Wer an die andere Postfachadresse schrieb und seine Leiden schilderte (und es waren bald Tausende, die dies taten), erhielt ein Schreiben mit folgender detaillierter Anweisung:

Hi! Hören Sie sich die Ihnen von mir zugesandte, eigens für Sie besungene Kassette oder CD intensiv, meditativ und vor allem laut an. Jeden Tag. Genau nachts zwischen null und ein Uhr. Wundern Sie sich nicht, daß der Name des Urhebers manchmal ein anderer ist als meiner – Pseudonyme sind ein äußerst heilkräftiges Agens! Nichts geschieht zufällig in diesem Universum.

Singen (in Grenzfällen auch: Erzählen) Sie mir nach Ihrer erfolgreichen Heil-Hörung detailliert, was Sie davon halten. Teilen Sie mir auch Träume mit, wenn Sie welche haben sollten. All dies wird Sie befreien! HearHear-Therapy nach A.I. Shadowfree-Darintes (Patent und Gebrauchsmusterschutz beantragt) befreit Sie erfolgreich von allem, was Sie quält! Von allem!

Vergessen Sie nicht, hundert Euro in einem einzigen Schein beizulegen – aber nur, wenn Sie wirklich Erfolg verspüren! Sie bekommen postwendend eine neue, Ihr Unbewußtes noch gezielter beeinflußende hypnopädagogische HearHear-CD zugesandt!

Und wie erfolgreich die neue HearHear-Therapy nach A. I. Shadowfree-Darintes war! Die Hunderter strömten. Bald konnte er den besonders erfolgreichen Hörern nach jeweils zehn Ton-Dokumenten eine Frei-Konserve anbieten. Nach dem fünfzigsten erfolgreichen Hearing gab es ein Zertifikat: »Voll und ganz erfolgreich durchlaufene HearHear-Therapy. Sie sind geheilt!«

Ähnlich lautende Schreiben verschickte er nach der anderen Richtung an die SingSing-Urheber (ja, so nannte er sie), denen er ebenfalls Rabatte und Zeugnisse spendete. A.I.A. Darintes-Shadowfree-Darintes, SingSing- und HearHear-Therapeut in einem, dirigierte bald nur noch die beiden Ströme von Umschlägen mit

Ton-Konserven, entnahm die Hunderter, ließ den Computer umadressieren. Freute sich seines Lebens ...

Daß eines Tages die Bank erneut den Kredit sperrte und ein Einsatzkommando der Universitätsnervenklinik ihn abholte, war die Folge eines tragischen Irrtums:

Androsius kam mit dem Geldzählen nicht nach. Er übertrug auch diese Aufgabe seinem Computer. Der mußte, um die Banknoten zu prüfen und zu bewegen, jedes einzelne Exemplar mit einem künstlichen Fühler abtasten, der wie eine menschliche Zunge konstruiert war. Irgendwie kam der Computer dabei auf den Geschmack. Und während Androsius mit zwei Gabelenden in den Ohren die neuesten Trendmeldungen vom Psycho-Markt studierte und parallel dazu seine »nonverbale Gesprächstherapie« entwarf (bis er verärgert merkte, daß ihm ein cleverer Psychiater damit schon zuvorgekommen war), dann über eine »Monaden-Therapie« zur Bekämpfung der Einsamkeit nachgrübelte, bei der er tausend Einsame in einem Raumschiff zusammenpferchen und für ein einmaliges Honorar von je tausend Euro zum Mond schießen wollte, da also kam der Computer auf den Geschmack und fraß alle Hunderter auf. Einfach so. Hinten kamen nur winzige Papierschnipsel raus, denn ein findiger Ingenieur hatte ihn mit einem Aktenvernichter gekreuzt. Dadurch wurde es leider nichts mit der Abkürzung EASL, die da stand für »Endlich Alle Sorgen Los«.

Der ganz große Hammer war jedoch, daß Androsius' südkoreanische Schöne, schwanger mit dem zweiten Kind, in seinen Tagebüchern stöberte, um ihren deutschen Ehemann besser zu verstehen. Dabei entdeckte Won Gi Schattenfroh-Suusz, daß Androsius sowohl sie selbst wie auch seine erste Ehefrau Euphilia eigentlich nur dazu benutzt hatte, um seine eigenen Potenzstörungen zu therapieren und – im Selbstversuch – eine neue Sexualtherapie zu entwickeln, für die er sich den Nobelpreis erhoffte: Das (wie er es in Vorfreude bereits nannte) »protonasale Dennoch-Verfahren nach Darintes-Shadowfree«, bei dem die Partner Rücken an Rükken liegen und rhythmisch-synchron in der Nase bohren.

Aber da kamen, wie gesagt, die Männer in den weißen Kitteln, rissen ihn brutal von seinem Computer weg, den er, in wahnhafter Verkennung der Wirklichkeit, gerade mit heruntergelassenen Hosen zu attackieren begann, und brachten ihn vor die Tore der Stadt.

Wenn Sie ihn besuchen und ihm eine Freude machen wollen,

bringen Sie ihm doch Ihre genaue Geburtssekunde mit! Er entwickelt gerade die völlig neue »Astro-Therapie« und würde sich freuen, Ihnen das Horrorskop zu erstellen. Sie lesen richtig: Dem Horror in den Tiefen des Unbewußten gilt es dabei auf die Spur zu kommen, den Minotauros im Kern des Labyrinths gilt es aufzuspüren und ihm das Geheimnis der Trans-Zen-Denz des *Fascinosum tremendorum* zu entreißen, um es als *Quinta essentia per aurum somarum* in Form eines wundersamen Elexiers dem *thes auros* des Hiatus – mehr hierzu auf der Internet-Site *http://www.xYtrblk.com*, welche demnächst freigeschaltet wird.

Vergessen Sie nicht, ein wenig Kleingeld mitzubringen. Androsius lauscht gerne dem Klang der Münzen, wenn sie auf den Boden seiner Einzelzelle fallen. Besonders liebt er dabei die griechische Zwei-Euro-Münze. Sie können sich wahrscheinlich denken, weshalb: Weil darauf Androsius als Stier abgebildet ist, wie er gerade seine geliebte Prinzessin Euphilia auf dem Rücken durch das wogende Mittelmeer von Kleinasien nach Kreta trägt, um dort ein unsterbliches Geschlecht von Therapeuten zu zeugen. Mit der neuen »Münz-Orakel-Therapie«, die der Astro-Therapie folgen soll, wird ihm endlich der große kreative Durchbruch gelingen. Auf seiner Website erfahren Sie im Internet alles Wissenswerte und Nötige: *http://vvv.xYtrblk.org**

Er nennt sich nun »Kreator der Große« und nimmt Huldigungen entgegen. Schreiben Sie mir mal – ich kann gerne versuchen, einen Termin für Ihre Audienz zu besorgen. Vergessen sie nicht, einen Hundert-Euro-Sch …

Aber das wissen Sie sicher bereits.

---

* »vvv« steht für »viel versprechender versuch«.

Die Dosis macht's

Der Mann, der kurz vor Ladenschluß noch hereinstürzte, war ganz außer Atem, als er die Frau an der Kasse fragte –

Aber verlassen wir für einen Augenblick diesen Laden und stellen wir folgende Betrachtung an: Ist Ihnen nicht auch schon einmal (wie dem Helden unserer Geschichte) aufgefallen, daß die Menschen heute viel länger leben als früher? Im Durchschnitt wird ein Mann heute rund 75 Jahre alt, eine Frau, nicht nur weil sie zäher ist als der Mann, an die 80. Noch um 1900 war das Durchschnittsalter wenig mehr als die Hälfte. Und kommen Sie mir jetzt ja nicht mit der Säuglingssterblichkeit, welche die Statistik angeblich verzerrt!

Noch ein paar Worte über unseren Helden, bevor die Geschichte weitergeht. Wir wissen bereits, daß er ein Mann ist. Er könnte Mitte vierzig sein und eine Brille tragen oder auch nicht. Er könnte Magengeschwüre haben oder gelegentliche Herzrhythmusstörungen mit Extrasystolen, Anfälle von Migräne, Krampfadern, Impotenz, Hämorrhoiden oder etwas anderes, in irgendeiner Reihenfolge oder Kombination. Also all das – oder eines davon –, was Sie und mich gelegentlich auch plagt. Aber eines kann man ihm sicher nicht nachsagen (und Ihnen, damit Sie aus dieser Geschichte die richtige Lehre ziehen können, hoffentlich auch nicht): daß er nicht intelligent genug ist.

Im Gegenteil: Jonathan Flintstein weiß, wie man eins und eins zusammenzählt, sogar ohne seinen Taschenrechner. Und er zählt gerne. Deshalb ist er ja auch Prokurist geworden. Diesen Beruf übt er in einer großen Lebensversicherung aus, wie sich zu seinem Glück (und, so hoffe ich, auch zu Ihrem) herausstellen wird. Seit dem Examen in Betriebswirtschaftslehre macht er diese Arbeit bereits, also seit gut zwei Jahrzehnten, und er macht sie gut, sehr gut sogar.

Daß er nicht promovieren konnte, liegt nur an gewissen Vorstellungen und Hypothesen, die seinen akademischen Lehrern nicht gefielen. Diese Lehrer sind allerdings inzwischen längst tot. Während Jonathan Flintstein lebt. Womit das wichtigste Argument für die Stichhaltigkeit seiner wissenschaftlichen Hypothesen bereits gegeben ist, auch ohne deren akademische Absegnung. Letzten Endes zählt bekanntlich nur der Erfolg, nicht wahr? Von diesen Hypothesen werden wir gleich noch mehr erfahren.

Der Versicherungs-Prokurist Jonathan Flintstein stürzte also eines schönen Sommerabends um 19.45 Uhr in einen Supermarkt in der Leopoldstraße und keuchte: »Ich komme gerade aus dem Urlaub« (was nicht ganz stimmte: Er hatte dorthin eine streng wissenschaftliche Exkursion wegen Tee unternommen: Belastung mit DDT und so) »Indien, Kaschmir, wissen Sie – dort, wo der beste Orange Pekoe angebaut wird.«

Jonathan hielt im Fluß seiner Rede inne, überlegte angestrengt und korrigierte seine Frage. »Nein, nicht Tee brauche ich, sondern Wein. Hier, diese Marke, Sie hatten sie gestern noch im Sonderangebot.« Er kramte einen verknitterten Zettel aus seiner Einkaufstasche, auf dem die meisten der vielen Eintragungen schon durchgestrichen waren, wie die Kassiererin deutlich erkennen konnte.

»Hier, den will ich«, drängte Jonathan, »Doomsdaier Spätauslese, Prädikatswein, die Flasche 1,99 Euro ...«

Der Geschäftsführer, der auf seiner Runde durch den Laden gerade an der Kasse vorbeikam, zuckte zusammen. »Haben wir nicht«, sagte er geistesgegenwärtig, »haben wir nie gehabt. Schon gar nicht im Sonderangebot.«

Die Kassiererin kannte Jonathan bereits von früheren Einkäufen. Ihr gefiel seine ruhige Art gut (nur heute hatte seine Stimme einen etwas gehetzten Unterton). Sie dachte angestrengt nach.

»Doch«, korrigierte sie zu ihrer eigenen Überraschung den Geschäftsführer, »doch, den habe ich vorhin noch gesehen, den Doomsdaier. Prädikatswein stand drauf, und ich habe mich noch gewundert, daß der so billig ist, ich meine, daß der so preiswert ...«

»Nichts haben Sie gesehen, gar nichts«, fuhr ihr der Geschäftsführer über den Mund. »Das müssen Sie verwechselt haben mit ...« Er suchte verzweifelt nach einem passenden Namen. Dann erhellte sich sein Gesicht und er rief triumphierend: »Der Sankt Pilgersheimer. Den meinen Sie sicher. Da hinten steht ein ganzer Karton davon. Kostet allerdings 2,99 die Flasche.«

Jonathan schaute kurz von der Verkäuferin, der er ein Dankeslächeln schenkte, zu dem Geschäftsführer, den ein eher skeptischer Blick traf. Dann holte er einen anderen Zettel aus seiner Manteltasche, mit einer weiteren langen Liste, auf der allerdings noch fast nichts durchgestrichen war. »Ah, da ist er. Ja, nicht schlecht. Deutscher Import, vermutlich aus dem Burgenland. Die Werte sind wirklich nicht schlecht. Ja, den nehme ich, den Sankt Pilgersheimer.«

»Welche Werte?«, stotterte der Geschäftsführer. »Von welchen Werten sprechen Sie da?«

»Na, die Inhaltsstoffe meine ich. Es ist doch heutzutage äußerst wichtig zu wissen, was man zu sich nimmt. Und der Sankt Pilgersheimer und der Doomsdaier haben fast identische Werte.«

Der Geschäftsführer wurde blaß. »Also, wenn Sie auf dieses Glykol-Zeug anspielen – haben Sie eigentlich einen Ausweis?«

»Wozu?«, fragte Jonathan. »Wozu brauche ich zum Einkaufen einen Ausweis?«

»Aber hören Sie mal, wenn Sie mit einer solchen Liste zu mir in den Laden kommen, dann brauchen Sie doch, wie jeder Inspektor von der Lebensmittelüberwachung, einen Ausweis!« Der Geschäftsführer wußte, daß er nicht die Wahrheit sagte. Aber er war verzweifelt. Denn er hatte hinten im Lager noch einige Kartons mit –

Doch verlassen wir hier diesen Mann mit seinen Nöten. Jonathan Flintstein hatte ganz andere Sorgen. »Ich will mich nur gesund ernähren, verstehen Sie?«, fragte er betont bescheiden.

»Aber das wollen wir doch alle, und unser Geschäft ist doch bekannt dafür, daß ...«

»Sicher«, sagte Jonathan milde, in vielen solchen Gesprächen gereift. »Wollen tun wir das alle, uns gesund ernähren. Aber wer tut's denn wirklich, mein Herr? Und wer weiß denn schon, was für ihn gesund ist? Sie gestatten.« Jonathan hob seinen Einkaufskorb auf den Kassentisch, legte den Inhalt auf das kleine Fließband und sagte betont deutlich: »Frisches Kalbfleisch (*mit etwas Östrogen*, dachte er dabei), Schweinenierchen (*mit etwas Cadmium*), Kopfsalat (*da wird ja hoffentlich etwas Blei drauf sein, wenn er nahe genug an einer Straße gewachsen ist*), Teigwaren (*mit holländischem Flüßigei, das ist neu in meiner Sammlung und gehört, streng genommen, bereits in die nächste Phase des Experiments*), italienische Tomaten (*mit dem Pflanzenschutzmittel von Union Carbide*), spanisches Olivenöl.«

Jonathan zögerte, bemerkte, daß der verständnislose Geschäftsführer sich inzwischen getrollt hatte und sagte mit verschwörerischer Stimme zu der Kassiererin: »Der Sankt Pilgersheimer, der fehlt noch. Drei Flaschen, wenn's recht ist. Holen Sie mir die vom Lager?«

»Ich kann leider nicht von der Kasse weg, aber meine Kollegin ...«

»Haben Sie auch Sprudel?«

»Welche Sorte?«

»Am liebsten Stefansburger Domquelle.«

Sofort mischte sich der Geschäftsführer wieder ein, der in der Nähe stehen geblieben war: »Nein, davon haben wir nichts. Haben wir nie gehabt. Wir führen nur ...« Er führte vier andere Sorten auf. Mißtrauisch geworden, beharrte Jonathan auf seinem Wunsch. Die Natriumwerte der Domquelle waren so exzellent, daß er sich nicht mit etwas Minderwertigem abspeisen lassen wollte.

»Gestern hatten Sie noch einige Kästen dort hinten stehen, gleich neben den Angebotsweinen. Zwei Flaschen davon, bitte – wegen dem Sprudel und wegen dem Wein bin ich doch extra hierher in Ihr Geschäft gekommen!«

Er wandte sich nun wieder an die Kassiererin: »Jetzt sagen Sie doch: Haben Sie wirklich keine Stefansburger Domquelle mehr?«

»Doch, ich glaube schon«, sagte die Frau, die nicht aus ihrer ehrlichen Haut herauskonnte. »Den haben wir jedenfalls schon gehabt. Auf der Lagerliste stand handschriftlich vermerkt: ›Nur für Kunden! Angestellte – Finger davon!‹ Warum, das weiß ich nicht, da stand irgendso eine chemische Sache dabei.« Sie sagte es in dem breiten einheimischen Dialekt, der Jonathan so gut gefiel.

»Stand da etwa *Disulfinables Tetrachloralnitrat* darauf?«, half er ihr hoffnungsvoll.

»Das weiß ich nicht mehr«, sagte sie bedauernd.

»Schluß jetzt mit dem Gespräch!« Der Geschäftsführer schäumte vor Wut. »Zeigen Sie mir endlich Ihren Ausweis«, fauchte er mit kaum verhehlter Feindseligkeit.

»Ausweis? Welchen Ausweis denn?«

»Na, eben den eines Inspektors der Lebensmittelüberwachung – oder was immer Sie sind, Sie mit Ihrer –« Er unterdrückte ein häßliches Wort und sagte stattdessen: »Sie mit Ihrer langen Liste und Ihrer nervenden Fragerei!«

Jonathan log in seiner Not zum zweiten Mal an diesem Tag. »Nun geben Sie mir's doch schon. Ich brauch das für meine Pflanzen. Die mögen das einfach gerne, dieses Disulfinable Tetrachloralnitrat. Sie gedeihen dann so prächtig. Sie sollten den Dschungel bei mir zuhause mal sehen!« Er lachte gekünstelt.

Der Geschäftsführer war zwar nicht überzeugt, wandte sich aber hilflos ab und verschwand hinter einer Regalwand. Zähneknirschend brachte er gleich darauf das Gewünschte, verpackt in einer Plastiktüte der Konkurrenz. »Da, nehmen Sie.«

»Was kostet's denn?«

»Nichts.«

Kurz darauf hatte Jonathan auch den Wein vor sich stehen, freute sich über die hohen Werte und packte alles in seine Einkaufstüte. Draußen atmete er ein paar Mal tief durch, um nach der sterilen Luft des Supermarkts wieder den satten Geruch der sechsspurigen Leopoldstraße in sich aufzusaugen. Seine zusammengesunkenen Schultern strafften sich, seine Augen begannen zu leuchten. Es war bald soweit. Dann fiel ihm plötzlich ein, daß er das schöne Abendessen allein zu sich nehmen würde, falls er nicht …

Er gab sich einen Ruck, ging noch einmal zum Supermarkt zurück und schaute sich durch die Glasscheibe der Tür die Kassiererin kurz, aber intensiv an. Ja, sie gefiel ihm. Und er hatte gespürt, daß er ihr ebenfalls nicht gleichgültig war. Geteilte Freude war doch doppelte Freude, wie es hieß. Es war schon nach Ladenschluß. Die Verkäuferin ging auf die Tür zu, um sie absperren, sah Jonathan, stutzte kurz und trat dann zu ihm heraus.

»Was ist denn? Brauchen Sie noch was?«

»Es mag Ihnen eigenartig vorkommen; wir kennen uns ja kaum. Aber – ich würde Sie gerne zum Abendessen einladen.«

Der freundliche Gesichtsausdruck der Frau machte Entsetzen Platz. Sie deutete auf Jonathans Einkaufstüte. »Zu *dem* Essen? Mit all dem chemischen Dreck da drin? Schweinefleisch, was schon schlimm genug ist, und dann noch Nierchen …«

»Sie wissen darum?« Jonathan sagte es ganz spontan, naiv und hoffnungsfroh, wie alle Genies, die im Grunde ihres Herzens unbekümmerte, stets hoffnungsvolle Kinder geblieben sind.

»Ja« sagte sie, »ich weiß genug darüber, um zu wissen, daß mich dieses Abendessen für mindestens drei Tage, wenn nicht länger vergiften würde. Ich esse seit Jahren nur noch vegetarische Vollwertkost. Und nur aus dem Reformhaus. Seit Jahren!« betonte sie und fügte mit einem kurzen Blick hinter sich ins Geschäft hinzu: »Seit ich hier arbeite. Gute Nacht. Und – guten Appetit.« Dann wandte sie ihm den Rücken zu und sperrte rasch von innen die Ladentür ab.

»Aber es kommt doch allein auf die Dosis an«, rief Jonathan ihr verzweifelt nach. Er dachte an den feinen Tee, den er ihr zur Einstimmung hatte servieren wollen, mit exzellenten Spitzenwerten an DDT, von ihm selbst frisch aus Darjeeling mitgebracht. Und an die Pilzsuppe, mit nicht weniger interessanten Werten an Blei, Cadmium und vor allem an posttschernobilem Cäsium-20. Dann überkam ihn Traurigkeit, während er seine schwere Einkaufstüte zu all den anderen leckeren Sachen trug, die er schon vorher an diesem Tag gekauft hatte. Er wurde überwältigt von der Einsamkeit, die jedes unverstandene Genie umgibt. Und die niemand wirklich versteht, der nicht ähnlich isoliert lebt.

Diese Umweltschützer mit ihrem Fanatismus waren schuld. Nichts hatten sie begriffen! Nichts war ihnen heilig! Und vor allem waren sie blind gegenüber den Tatsachen des Lebens – und deren simpler Maßstab ist allemal der Tod.

»Jedes Kind kann das an den fünf Fingern einer Hand ausrechnen«, seufzte Jonathan zum tausendsten Mal. »Seit der Jahrhundertwende, wahrscheinlich sogar viel früher, ist doch die Zahl der vielgeschmähten Giftstoffe, die wir zu uns nehmen, ständig gestiegen, an Quantität ebenso wie an Qualität. Und sterben die Menschen deshalb früher? Nein, verdammt noch mal, nein, sie leben viel länger! Ich kenne doch meine Sterbetafeln …«

Er redete halblaut mit sich selbst, wie es einsame Menschen irgendwann lernen, wenn sie nicht verrückt werden wollen, und bemerkte nicht, daß eine alte Frau neben ihn getreten war und ihm aufmerksam zuhörte.

»Was erzählen Sie da?«, unterbrach sie ihn endlich neugierig. »Das ist wirklich sehr interessant.«

»Was?« Jonathan fuhr irritiert zusammen.

»Na, was Sie über diese Spurenelemente erzählen und die Schwermetalle. Also ich, ich bin jetzt bald achtzig, und das hab ich sicher nur den Tomaten und dem Spinat zu verdanken. Und wissen Sie, wo die wachsen? In meinem Schrebergarten gleich neben der Stadtautobahn. Und dann erst die Sperrholzwände bei mir zuhause, die mit dem kostbaren Formaldehyd. Aber mein Mann, Gott hab ihn selig, der hat sich immer geweigert, von dem Salat zu essen – richtig hysterisch hat er sich immer aufgeführt wegen dem Blei in den Abgasen, das sich angeblich auf den Pflanzen ablagert. Na und, hab ich immer gesagt. Wissen Sie, wie alt der geworden ist, mein Mann? Keine siebzig. Mit vierundsechzig ist er an einem Hirnschlag gestorben. Vor Aufregung. Weil ich ihm Wein mit Natriumazid einschenken wollte – aber ich langweile Sie wohl.«

»Aber nein«, protestierte Jonathan, »ganz im Gegenteil!«

Doch die Alte zwinkerte ihm zum Abschied nur vielsagend zu und verschwand im Strom der Feierabendmenge. Die kleine Begegnung hatte Jonathan so ermutigt, daß er nun doch den Umweg zu dem Feinkostgeschäft in der Nähe seiner Arbeitsstelle machte. Dabei kam er an einem Stummen Verkäufer der *Frankfurter Allgemeinen* vorbei. Er sah sich verstohlen um, ob ihn jemand beobachtete. Dann zog er rasch das letzte Exemplar aus dem Kasten. Wegen dem einen Artikel, der ihn interessierte, würde er doch nicht die ganze Zeitung bezahlen! Außerdem wußte er ja schon, was darin stand, hatte es im Café gelesen, während er das köstliche Stück Sülze mit dem Gallert aus garantiert nordamerikanischen Rinderknochen verzehrte. (*Die haben ja keine Ahnung, was es mit BSE wirklich auf sich hat.*) Es war eine Meldung mit dem Titel »Im Bohnerwachs und in der Pizza« und behandelte den, wie es hieß, »größten Lebensmittelskandal in Großbritannien seit BSE«.

»Keine Ahnung haben diese Zeitungsschmierer, wirklich null Checking«, murmelte Jonathan, während er im Weitergehen mit raschen Bewegungen die richtige Seite suchte und den Beitrag herausriß. »Vergiftetes rotes Chilipulver, das zum Färben von Tandoori-Chicken in der indischen Küche verwendet wird …« Er konnte den Inhalt auswendig hersagen, solche Informationen vergaß er nicht. »Wirklich Null-Checker, diese Journalisten. Vergiftet mit Sudan 1 – führt irgendwann zu Leberkrebs – daß ich nicht lache – drei Jahre Lebensverlängerung – aber das soll die Bevölkerung nicht erfahren – klar – davor haben sie Angst – wegen den Renten, die sie dann noch mehr reduzieren müßten, wenn so viele Leute so alt werden …«

Sein Murmeln wurde immer leiser. Er steckte den Ausriß in die Innentasche seines Mantels, stopfte die restliche Zeitung in einen Papierkorb und hastete weiter. Zeitungspapier hatte er zuhause schon genug gestapelt, in der Diele. Die Druckerschwärze roch köstlich und enthielt bestimmte Ingredienzien, die als feine Aerosole ihren Weg in die Lungen fanden, die danach lechzten. Hoffentlich hatte der Laden noch geöffnet, der letzte auf seiner Einkaufsroute. Jonathan hatte Glück.

»Tomatenmark wollen Sie?«, fragte der Besitzer, freundlich wie immer.

»Ja, das aus der Schweiz. Das, worüber die neulich in der Zeitung geschrieben haben. Dort, der rote Karton. Vier Tuben möchte ich davon – ach was, geben Sie mir die ganze Schachtel, alles, was noch da ist. Wer weiß, wie lange man das noch kriegt.«

Der Mann schaute ihn kurz verständnislos an, holte dann aber das Gewünschte. »Ich dachte, Sie leben allein?«, wunderte er sich. »Aber mir soll's recht sein. Von mir können Sie alles haben, was Sie wollen.«

Seine Gier kaum verbergend, zog Jonathan den Karton an sich und las die Aufschrift, verglich sie mit seinem Einkaufszettel. Ja, es war die richtige Firma. Beim Gedanken an die phantastischen Quecksilberwerte lief ihm das Wasser im Mund zusammen.

»Dann hätte ich noch Tiefkühlhähnchen im Sonderangebot«, sagte der Besitzer jovial, »falls Sie noch was Preiswertes für Ihr Abendessen suchen.«

Die Chancen für Salmonellen waren bei Tiefkühlhähnchen derzeit ausgezeichnet, das wußte er aus der Tagespresse, zwischen fünfzig und achtzig Prozent des Geflügels waren infiziert. Aber Jonathan schüttelte trotzdem nur bedauernd den Kopf. Seine Selbstversuchsreihen beschränkten sich derzeit vor allem auf Schwermetalle; lebende Kraftstoffe würden erst in der nächsten Phase dran sein. Das wußte er zuverlässig von seinen Informanten.

Er bedankte sich höflich und wollte schon gehen, als er zufällig das Regal mit den Tabakwaren erspähte. »Zigaretten brauche ich auch noch«, stotterte er und wurde rot.

»Nanu, ich dachte, Sie sind ein fanatischer Nichtraucher?«, erinnerte sich der Ladenbesitzer verblüfft.

»Stimmt, war ich auch. Aber ich habe es mir anders überlegt. Geben Sie mir drei Schachteln.«

»Welche Sorte?«

»Die mit Freiheit und Abenteuer in der Werbung. Und dazu Schwefelhölzer, aber die echten, die mit rotem Phosphor – das mit dem Schwefel stimmt ja gar nicht.« Jonathan sagte das mit der *Freiheit* und dem *Abenteuer* spontan, weil ihm plötzlich lebhaft die Kinoreklame vor Augen stand. Er ging ja fast jeden Abend ins Kino. Und er liebte Abenteuer – und Freiheit sowieso. Im Kino machten außerdem seine Informanten ihre Durchsagen, am zuverlässigsten während Science-Fiction-Filmen, die er nicht zuletzt deshalb über alles liebte. Mit *Krieg der Sterne* hatte das angefangen. Es war sicher alles andere als ein Zufall, daß in jüngster Zeit immer mehr solcher Filme in die Kinos kamen; da bestand ein signifikanter Zusammenhang mit allen anderen Entwicklungen, die er so aufmerksam studierte ...

Sollte er den Kaufmann endlich einweihen? Sollte er ihm jetzt davon erzählen? Daß seine Informanten ihm *Diäthylenglykol* als den neuen Super-Wirkstoff enthüllt hatten? Und daß endlich sogar in der Zeitung stand, daß auch zum Feuchthalten von Tabak jenes Frostschutzmittel verwendet wurde, das schon viele Weinsorten so wertvoll machte? Hoffentlich war auch in den Zigaretten, die er eben gekauft hatte, Glykol ...

Dann sah er den stumpfen Blick in den Augen des Kaufmannes und sein ungesund gerötetes Gesicht. Nein, beschloß er, DER nicht. Rasch zahlte er und ging mit seinen neuen Schätzen hinaus. Er mußte sich beeilen, damit er das Essen noch rechtzeitig fertig bekam. Danach wollte er so schnell wie möglich ins Kino. *Unheimliche Begegnung der Dritten Art* wurde endlich wieder aufgeführt, in einem der kleinen Nischenkinos, die das große Kinosterben auf wundersame Weise überlebt hatten. (Ob da vielleicht *Die Anderen* dahintersteckten?) In vier der fünf Vorstellungen, die er in früheren Jahren besucht hatte, waren ihm wichtige Schlüsselinformationen darüber geliefert worden, was *Die Anderen* (wie er sie mit ehrfurchtsvoller Scheu nannte) mit ihm und noch einigen wenigen weiteren einsichtsvollen Menschen vorhatten. Ob die alte Frau auch unter ihnen war?

Zuhause stellte er sich sofort in die Küche und begann mit den Arbeiten, die er so gerne machte und als seine »Alchemie« bezeichnete: das sorgfältige Präparieren und dann Kochen der leckeren Speisen, mit genauer Abwägung der Kraftstoffe, die er selbstverständlich (getreu den Anweisungen seiner kosmischen Informanten folgend) zuvor mit dem Computer berechnet und exakt in ihrer vernetzten Wirkung aufeinander abgestimmt hatte.

Da ihm auch an diesem Abend leider kein geladener Gast zuhörte, erzählte Jonathan seine Geschichte zum tausendundersten Mal seinem Freund, der in dem Zimmer wohnte, das es nicht gab – für die anderen im Haus jedenfalls nicht, selbst der Hausbesitzer wußte nichts von seinem Freund und von diesem Zimmer, das *Die Anderen* ihm gebaut hatten, in dieser Blase aus chranobylem Hyperraum.

»Weißt du«, begann Jonathan, und der Freund, der in der offenen Tür seines Zimmers lehnte, nickte zustimmend, »ich habe viel darüber nachgedacht in den vergangenen Jahren. Eigentlich ist ja das, was *Die Anderen* uns beibringen wollen, nicht so neu und schon gar nicht so ungewöhnlich, wie man meinen sollte – bei allem Respekt, den ich vor ihrer grenzenlosen Klugheit und Güte habe. Schon der weise Paracelsus wußte im Mittelalter zu berichten: *Kein Ding ist ohne Gift – die Dosis macht's, ob es ein Gift ist oder nicht.*

Dieser Satz hat mich schließlich überzeugt. Denn anfangs hatte ich natürlich auch so meine Bedenken, ob es nicht doch schädlich sein könnte: das Formaldehyd in der Wurst, das Rostschutzmittel im Kaffeewasser und das Quecksilber im Aal. Aber dann übergab mir einer meiner Informanten zusammen mit den Sterbetafeln der letzten hundert Jahre die Statistik über die Zunahme der fälschlich als *Schadstoffe* und *Gifte* verleumdeten Spurenelemente in demselben Zeitraum. Und da wachte ich auf. Ich erkannte ihr ungeheures Potential als Heilmittel! Das war während dieses unglaublich aufregenden Thrillers *Die Rächer vom Sirius*. Aber das habe ich dir ja schon einmal erzählt.«

Der Freund nickte etwas gequält und zündete die Pfeife wieder an, die ihm beim Zuhören erloschen war.

»Die Marsmenschen nun«, fuhr Jonathan fort, »haben dann im Lauf der Zeit die Zahl und die Dosierungen der Vitalstoffe durch ihre irdischen Vertrauten in der Industrie ständig vermehren lassen, getreu ihren geheimen Plänen. Um auf diese Weise gezielt die Entwicklung des heutigen – wie du zugeben wirst, doch recht primitiven – Menschen zum Homo futurus, zum Zukunftsmenschen, voranzutreiben.«

»Bist du dir da wirklich sicher?« unterbrach ihn sein Freund.
»Womit?«
»Daß es Marsmenschen sind?«

»Na ja, so hundertprozentig sicher kann man da ja wohl nie sein«, räumte Jonathan gut gelaunt ein. »Aber ist ja auch egal. Sie wollen jedenfalls nur unser Bestes: Das siehst du deutlich an der rapiden Zunahme der alten Menschen in der Welt. Jedenfalls kannst du das in jenen Ländern sehen, die sich der Einführung dieser segensreichen Vitalstoffe nicht widersetzen.«

»Und heute Abend erwartest du Neuigkeiten von deinen kosmischen Freunden?«

»Ja«, sagte Jonathan mit kräftiger Stimme. »Ich ahne, daß eine bedeutsame Entwicklung bevorsteht. Meine Träume sind in letzter Zeit so wirr – das nehme ich als gutes Vorzeichen heilsamer Unruhe und Ahnungen.«

»Und was erwartest du dir?«

Jonathan zögerte. Dann sagte er mit leiser Verschwörerstimme: »Du darfst es aber nicht weitersagen!«

Sein Freund nickte beruhigend.

»Also gut. Die nächste Phase wird bald beginnen. Ich sage nur ein Stichwort: prämortale Unsterblichkeit.«

»Unsterblichkeit?« entfuhr es dem Freund ungläubig.

»Ja! Unsterblichkeit!« wiederholte Jonathan heftig. »Alles deutet darauf hin. Die Meldungen über die Entdeckung neuer Heilsubstanzen in den Massenmedien häufen sich. Denk doch mal nur an die Autoabgase mit ihrer unglaublichen, beeindruckenden Vielfalt an Ingredienzien!«

»Wahnsinn!«

»Meine sämtlichen Computer-Analysen sind eindeutig, der Trend zielt immer klarer in diese eine Richtung. Jeden Tag fast kannst du etwas über einen neuen Lebensmittelskandal lesen. *Skandal* nennen sie das – diese ahnungslosen Dummköpfe! Und wissen überhaupt nichts von der ungeheuer segensreichen Wirkung dieser Heilmittel unserer kosmischen Freunde. Das Quecksilber im Tomatenmark, von dem heute in den Frühnachrichten zu hören war, hat die Wahrscheinlichkeit des von mir berechneten Trends um eine volle Zehnerpotenz nach oben schnellen lassen.«

»Wirklich?«

»Ja, wenn ich's doch sage. Und da beginnen diese Schwachköpfe von Umweltschützern doch tatsächlich eine Kampagne gegen das Quecksilber im Amalgam der Zahnfüllungen! Wollen es durch Plastik oder Gold ersetzt sehen, von denen dann natürlich keinerlei lebensverlängernde Wirkungen mehr ausgehen wird. Jedes Kind weiß doch, daß Gold mit fast nichts reagiert. Obwohl – die Kunststoffe könnten sich da noch irgendwann als recht segensreich erweisen ...«

Jonathan mußte innehalten, weil die Schweinenierchen in der Bratpfanne seine volle Aufmerksamkeit beanspruchten. Liebevoll gab er das neue Tomatenmark und etwas vom spanischen Olivenöl in die Pfanne.

»Unsterblichkeit«, sagte er endlich noch einmal, erfüllt von Ehrfurcht. »Und ich werde der Erste sein, dem sie gewährt wird. Weil ich mich seit mehr als zehn Jahren immer sorgfältig nach ihren Angaben gerichtet und entsprechend gesund ernährt habe.«

Später aß er seine letzten Schweinenierchen und trank seinen letzten Schluck Sankt Pilgersheimer. Selig lächelnd sah er den feurigen Schatten aus dem Zimmer seines Freundes treten. Ab heute war es nicht mehr nötig, ins Kino zu gehen. *Die Anderen* würden sich von nun an direkt an ihn wenden. Hier. Bei ihm zuhause. Er war der Neue Mensch. Er war unsterblich.

felix klein geht auf die Große Reise

Jeden Morgen ging der Vishnu-Priester von seinem Heimatdorf, wo der Tempel stand, ins Landesinnere, niemand wußte, warum. Er wußte es selber nicht. Er wartete auf etwas.

Er schrieb ihn, seit er im dreizehnten Lebensjahr während des Abfassens eines Schulaufsatzes auf die Idee gestoßen war, voll und ganz nur noch in Kleinbuchstaben: seinen Namen. Als der Lehrer ihn bei der Rückgabe der mit »sehr gut« benoteten Arbeit irritiert befragte, was das denn solle, dieses »felix klein, du bist doch fast zwei Meter lang«, da hatte er nur schüchtern-verlegen gegrinst und geantwortet: »Das ist mir halt so eingefallen – und es gefällt mir.«

Gegen dieses »gefällt mir« konnte von da an Einwände erheben und Sturm rennen, wer wollte: felix klein blieb bei den kleinen Initialen. Und das nicht nur in der Schule. Er setzte es sogar durch, daß seine Unterschrift mit den kleinen Anfangsbuchstaben bei Banken, Behörden und wo auch immer akzeptiert wurde. Ein Psychotherapeut, den er während seines Studiums der Betriebswirtschaft mal wegen einer depressiven Lebenskrise mit massiver Arbeitsunlust konsultierte, vermutete, daß diese »falsche Bescheidenheit« ihm später im Berufsleben noch manchen Nachteil einbringen würde. Aber felix klein meinte nur spöttisch: »Dann knack ich halt den Jackpot im Lotto – irgendeine Begabung muß der Mensch schließlich haben.«

Der Therapeut schüttelte nur den Kopf angesichts so vieler Relikte eines kindlich-magischen Weltbilds, vergaß den Vorfall aber schon, während felix klein sich noch mit eingezogenem Kopf durch die niedrige Tür des Beratungszimmers ins Freie zwängte und entschwand.

Viel mehr ist über diese traurige Zeit nicht zu berichten. Der junge Mann schloß sein Examen mit einigermaßen brauchbaren Noten ab, bekam einen Job in einer großen Versicherung, wo er zunächst fürs Controlling zuständig wurde, später in die Abteilung für Schadensregulierung wechselte und schließlich bei einem großen europäischen Rückversicherer in der Abteilung für »Futurologie« landete (wie er es nannte), also bei den Mathematikern, die mögliche künftige Großschäden durch Vulkanausbrüche, Tsunamis, Kriege und Asteroideneinschläge vorauszuberechnen suchten. Geld verdiente er trotz beachtlich gutem Gehalt nie genug, denn er selbst war keinesfalls anspruchslos und seine Familie schon gar nicht, insbesondere seine Frau – wie bei einer Ehefrau aus gehobenen Hamburger Kreisen kaum anders zu erwarten. Und speziell die Hobbys seiner drei Kinder (Golf, Hochsee-Yachting und Surfen in Hawaii) und das Nachtleben in München, wo die Familie lebte, »fraßen ihm die Haare vom Kopf«, wie er seinem besten Freund einmal schaudernd gestand. Da war er allerdings ziemlich betrunken – das erste Mal in seinem Leben.

Erst als felix klein die Millionen im Lotto gewann, hatte alle Not ein Ende. Er zahlte seine Schulden bei der Bank und wo immer er sonst noch in der Kreide war und kaufte sich eine Fahrkarte erster Klasse nach Hamburg. Das ganze Geld war bis auf einen handlichen Rest neuer 500-Euro-Scheine längst auf einige Konten verteilt und mit gestreutem Risiko in Wertpapieren angelegt, mehr sicher als spekulativ.

In Hamburg wollte er zunächst eine Passage erster Klasse für den nächsten Dampfer nach Australien und wieder zurück kaufen. Eine einzige Passage nur, denn seine Frau und die Kinder wußten von all dem Lotto-Glück des einzigen Jackpot-Gewinners dieser Ausschüttung nichts. Aber die nette Dame hinter dem Tresen des Reisebüros überredete ihn zu etwas anderem. Es war die längste Schiffsreise, die man buchen konnte: »In 96 Tagen um die Welt.« Das war felix klein nun gerade recht: gemütlich durch die Welt schippern, immer in Bewegung und doch an einem festen Ort – aber all dies ohne Sinn und Ziel, denn es war ja doch eine Fahrt in den Tod.

Als er seinen Freunden bei einem Abschiedstreffen dies eigentliche Ziel erläuterte, wobei er sie um strengste Geheimhaltung bat, sahen sie ihn nur verständnislos an. Ob er denn krank sei?

Keineswegs – bewegten sie sich denn nicht alle auf ihren Tod zu?

Na ja, schon, war es zurückgekommen, irgendwann müssen wir ja alle sterben, aber –

Genau dieses »aber« war es, das felix klein nicht mehr gelten lassen wollte. Auf den Tod, der – wie sich alle Menschen im klaren sein mußten – irgendwann jeden traf, auf diesen Tod wollte er sich ganz bewußt vorbereiten.

Zwar machte er während der Weltreise die Landausflüge mit, wann immer eine solche Exkursion auf dem Programm stand, ja, er war sogar einer der Eifrigsten bei diesen und anderen Veranstaltungen »on and off board«, vermutlich sogar der Einzige, der zunächst keine der Sehenswürdigkeiten außer acht ließ (einmal versprach er sich dem Kapitän gegenüber und sagte »Sehenswütigkeiten«), was wohl daran lag, daß er mit viel wacheren Sinnen und einer nie geahnten Lebenslust alles in sich aufnahm: die Dinge ebenso wie die Menschen.

Er hatte an Bord drei Liebschaften mit Frauen und an Land mit drei weiteren, denen er sich früher nie zu nähern gewagt hätte, weil Schönheit und erotische Attraktion ihn eher einschüchterten. Das war nun ganz anders. Und er wußte, daß es nicht seine Millionen waren, die ihn zum Platzhirsch machten; das dachten nur die Neider und die erfolglosen Rivalen. Nein, der tiefere Grund war sein Annehmen des Todes. Hätte man ihn gefragt, wie er sich denn sein Ende vom Leben denke, dann hätte felix klein wohl je nach Laune und Situation eine andere Vorstellung genannt. Als er bei den Pyramiden und der Sphinx stand, gingen ihm, von Lektüre angeregt, Szenen von der Fahrt im Sonnenboot über den Nil nach Westen in die Unterwelt durch den Kopf, Szenen einer symbolischen Fahrt wohlgemerkt. Und beim Tadsch Mahal dachte er an den tödlichen Herzschlag in den Armen einer Geliebten.

Bereits in Indien, während des Ausflugs mit Hubschraubern nach Agra, wo sich der berühmte weiße Marmorbau des Tadsch befand, gab er solche Phantasien jedoch wieder auf. Der Tod, so begriff er, war eine Brücke über den Abgrund. Vielleicht gab es hinter der Brücke, die sich leicht gewölbt über das brodelnde Nichts spannte, also auf der anderen Seite des Abgrunds, ein unbekanntes Land?

Vielleicht auch nicht. Wer wußte das schon. felix wurde dies gleichgültig. Zuvor hatte er sich allerdings eine Weile mit den aberwitzigsten Szenarien vom Jenseits vergnügt, die er zum Teil in wirren Tusche-Skizzen festzuhalten versuchte, wenngleich nur dilettantisch, in der Folge eines Malkurses im Zwischendeck.

Nicht das *andere Land* war wichtig, sondern nur die *Brücke* dort hinüber. Und das *Hinübergehen,* langsam, mit Bedacht.

Lieber als Malen und Sinnieren war es felix mit der Zeit jedoch geworden, Abschiedsbriefe an Personen zu schreiben, denen er etwas von seinen Habseligkeiten vermachte. Seiner Frau schrieb er, daß es ihm nun, im Angesicht des sicheren Todes, endlich gut gehe, zum ersten Mal in seinem Leben, jedenfalls soweit er sich zurückerinnern könne; ihr vermachte er eine kleine Jugendstilvase aus Bronze, ein Erbstück von seiner Mutter, mit zwei fein ziselierten Heuschrecken darauf, die von der leicht gewölbten Wand des Gefäßes hoch zum Rand blickten: »Mit einer frischen Rose darin, wird sie dir gut gefallen ...«

Jedem seiner Kinder schenkte er eines seiner vielen Bücher. Dem ältesten überließ er das »I Ging« in einer kostbaren, vom Übersetzer Richard Wilhelm handsignierten Erstausgabe, dessen er sich so viele Jahre mit seelischem Nutzen und beim Tippen des Jackpot-Gewinns auch mit beachtlichem finanziellem *return on investment* bedient hatte. Dem mittleren Sohn schenkte er einen Band arabischer Märchen. Der Tochter, dem jüngsten Kind, vermachte er das schönste Bilderbuch aus der kostbaren Sammlung, die er in Jahrzehnten zusammengetragen hatte. Alles Übrige sollte die noch zu errichtende »felix klein Stiftung zur Erforschung des Lebens nach dem Tod« erhalten und verwalten.

Er versuchte während intensiver Meditationen zu mitternächtlicher Stunde auf den Oberdeck, sich auszumalen, wie diese Personen sich beim Empfang dieser Botschaften verhalten würden – und warf dann alle Briefe, auch die an Freunde und Verwandte, ins Meer, jeden Tag einen. Stattdessen ließ er sich in Bombay (während eines fünftägigen Aufenthalts, bei dem eine der Antriebsmaschinen repariert wurde und man für die Passagiere einen improvisierten Ausflug zu den erotischen Tempeln von Khajuraho eingebaut hatte) per Expreß einen Stoß Todesanzeigen mit dem lapidaren Vermerk drucken: »felix klein, 46 Jahre alt, mit unbekanntem Ziel verstorben.«

Beim Schreiben der Adressen verließ er sich nur auf sein Gedächtnis; das Notizbüchlein mit den Anschriften hatte er kurz zuvor verbrannt, keineswegs traurig, aber auch nicht vergnügt, allenfalls zufrieden nickend bei jeder neuen Flamme, die aufzüngelte und ein Stück Brücke ins alte Leben hinter ihm verbrannte. Falsch adressierte Nachrichten würden halt verloren gehen, felix klein interessierte es nicht.

Die Reise ging unaufhörlich weiter, vorbei an Ceylon, einst eine Insel der Seligen, nun als Sri Lanka von Aufruhr und an Weihnachten von einem grauenvollen Tsunami geschüttelt und deshalb tabu für Ausflüge, sehr zu felix' Bedauern.
 In Madras ging er von Bord, besuchte eine Veranstaltung mit zartgliedrigen Tänzerinnen, deren Anmut und deren Bewegungen, erst langsam, dann sich zu Ekstasen steigernd, ihm Tränen in die Augen trieben. Nur mit dem Nötigsten ausgerüstet, blieb er an Land, ließ das Schiff davonziehen. Tauchte unter in Südindien.
 Straßenräuber erschlugen ihn, als er in der Abenddämmerung einen flachen Fluß zwischen zwei Dörfern zu Fuß durchquerte. Sie waren ihm auf Fahrrädern von der letzten Station gefolgt, als er den Bus verließ und im Lokal gleich nebenan mit einem ungewöhnlich großen Geldschein bezahlte, ohne das Wechselgeld anzunehmen. Enttäuscht ließen die Banditen ihn im schmutzigbraunen Wasser des Reisfeldes liegen; er hatte nichts mehr von Wert bei sich, ausgenommen einer Brieftasche mit Reisepaß und Scheckkarte. Beides warfen die Banditen einige Meilen später ebenfalls in ein Feld.

Der Priester vom Vishnu-Tempel des kleineren der beiden Dörfer verhielt kurz seine Schritte, als er bei einer Wanderung ins Landesinnere den fremden weißen Leichnam bemerkte. Dann segnete er den Toten mit einem Satz aus der Bhagavadgita, der da lautet: »Wisse, daß unzerstörbar ist, von dem das alles durchdrungen wird. Niemand kann die Zerstörung dieses Unwandelbaren bewirken.«
 Dann ging er nachdenklich, aber durchaus heiter gestimmt, weiter seines Weges.

Das Astloch

Das Astloch befand sich ziemlich genau in der Mitte der Bretterwand, die den Umkleideraum für »Männer und Knaben« auf der Nordseite von jenem anderen Raum trennte, an dessen Tür »Frauen und Mädchen« stand. Die Welt war also beim Umkleiden sauber getrennt, genau wie Rolf auch sonst die Welt als sauber getrennt in »männlich« und »weiblich« erlebte.

Er war zwar erst dreizehn, aber so viel wußte er bereits von der Welt. Ganz speziell in diesem heißen Sommer, als er wieder einmal, zum dritten Mal in seinem Leben, heftig verliebt war und dadurch eine ganz andere, körperliche Form der Welttrennung in diese beiden Hälften erlebte. Er erlebte es manchmal fast schmerzhaft, diesen männlichen Körper zu haben, der nun viel mehr als früher, in der Kindheit, von Verboten gefesselt war. Viele dieser Verbote waren nirgendwo geschrieben, oft auch nicht ausgesprochen (»Spiel nicht mit dir selber« war eins dieser Verbote, das niemand jemals so zu ihm gesagt hatte und das doch immer präsent war, seit einigen Jahren.)

»Daß ihr mir ja nicht durch die Astlöcher schaut, ihr elend verdammten Rotzlöffel«, das war ein deutlich ausgesprochenes Verbot, nein, ein ausgebrülltes. Der Bademeister hatte es am Vortag in den Umkleideraum für »Männer und Knaben« gebrüllt, nachdem eine Frau sich beschwert hatte, jemand habe ihr beim Umziehen zugeschaut.

Rolf kannte diese Frau. Wegen ihr hätte er nicht durch das Astloch in der Mitte der altersgrauen Bretterwand geschaut und sich dabei vielleicht einen Spreißel in die Backe gedrückt. Aber jetzt, das wußte Rolf, stand auf der anderen Seite, in der anderen Welt, Brunhilde, an die er seit einigen Wochen unablässig denken mußte. Brunhilde mit den dunkelbraunen Haaren, die in zwei Zöpfen herunterhingen und die so wild herumflogen, wenn sie mit ihren Klassenkameradinnen in der Pause über den Schulhof tobte, obwohl Toben auf dem Schulhof streng verboten war, noch dazu in der Pause und schon gar für Mädchen. Brunhilde, die im übernächsten Klassenzimmer bei den Mädchen saß, während er den ganzen Vormittag bei den Jungen seines Jahrgangs hockte. Wo er doch viel lieber neben ihr gesessen wäre. Einmal hatten sie beide zufällig den Zug von der Kreisstadt, wo sich die Oberrealschule befand, zurück ins Heimatstädtchen verpaßt, auch sie wohl wegen einer schriftlichen Prüfung. Sie waren, wiederum zufällig, im Wartesaal auf der selben Bank gesessen, eine halbe Stunde lang (Rolf hatte das Vorrücken des Uhrzeigers an der gegenüberliegenden Wand genau verfolgt), nur durch einen Mann getrennt, der zwischen ihnen beiden saß, wahrscheinlich ein Geschäftsmann, ein Handelsvertreter, der irgendwelche Einträge in ein Auftragsbuch machte (Rolf kannte dergleichen Tätigkeiten von seinem Vater).

Dann war der Mann aufgestanden. Und sie saßen, nur anderthalb Meter voneinander entfernt, zusammen auf der gleichen Bank. Diese Nähe, die da plötzlich möglich war!

Rolf spürte, wie sein Kopf heiß wurde. Dann sprang sie mit einem Mal auf, lief hinaus zu einer Freundin, nur eine einzige Sekunde, bevor auch er es nicht mehr aushielt und aufspringen wollte, hinauslaufen wollte zu einem seiner Schulkameraden, der grimassenschneidend draußen vor der schmutzigen Scheibe der Wartesaaltür stand und zu ihm (zu ihr?) hereinstarrte.

Wie siehst du aus, Mädchen, dachte Rolf und schaute hinüber zur grauen Bretterwand und zum Astloch, wie siehst du aus, wenn du nichts anhast?

Rolf wußte von seiner jüngeren Schwester, wie die Mädchen aussehen, wenn sie nackt sind. Jedenfalls wußte er, wie die kleinen Mädchen aussehen, wenn sie so vier oder fünf Jahre alt sind. Später war die Schwester »g'schamig« geworden, wie die Mutter es einmal lachend genannt hatte. Aber wie sah denn nun eigentlich ein dreizehnjähriges Mädchen aus? Ohne Kleider? Also nackt!

Der Umkleideraum für Männer und Knaben war leer, bis auf ihn. Allen Drohungen des Bademeisters zum Trotz, schlich er hinüber zur grauen Wand, zum Astloch, und preßte sein linkes Auge an die ovale Öffnung. Er mußte sich erst an das Dämmer auf der anderen Seite gewöhnen. Kleider lagen auf Bänken, die aus demselben alten Holz waren wie die Wand, gegen die er seinen nur mit einer Badehose bekleideten Körper lehnte. Wenn jetzt jemand hereinkommen und ihn so erwischen würde —

Dann sah er Brunhilde. Sie wandte ihm den Rücken zu. Allein stand sie in dem großen, bis auf sie leeren Raum. Sie zog ihren Rock aus und ihre weiße Bluse. Dann, nur mit einer weißen Unterhose und einem Büstenhalter aus dem selben Material bekleidet, drehte sie sich plötzlich um und schaute zu ihm herüber. Ja, sie schaute ihn an, als sei da keine Wand zwischen ihnen. Erschrocken fuhr Rolf zurück. Verwirrt schaute er sich um, ob er noch immer allein war.

Sie hatte ihn angeschaut. Aber das war doch nicht möglich!

Er konnte nicht anders; er mußte wieder sein Gesicht gegen das Holz pressen, den Blick durch das Astloch mit der Maserung der Jahresringe hinüber in diese andere Welt richten.

Sie schaute noch immer zu ihm herüber. Aber sie kann doch gar nicht wissen, daß ich hier herüben bin und jetzt zu ihr hinüberschaue, durchfuhr es ihn.

Dann der andere Gedanke: Ich weiß ja auch, daß sie da drüben ist!

Doch weiter kam er mit seinen Überlegungen nicht, denn jetzt ging ein Lächeln über ihr Gesicht, und gleichzeitig, noch immer ihn anschauend (schaute sie wirklich ihn an?) öffnete sie den Verschluß ihres BH, nahm ihn ab und zeigte ihren nackten Oberkörper. Er sah ihre beiden Brüste, klein noch, aber doch schon deutlich sichtbar. Er spürte, wie ihm die Röte ins Gesicht schoß und gleichzeitig unten in seiner Badehose die Verwirrung sich ausbreitete, die ihm immer wieder mal zu schaffen machte.

Dann drehte sich das Mädchen langsam um, er sah für einen Augenblick deutlich den sanften Vorsprung ihrer Brüste im Gegenlicht, und wandte ihm wieder den Rücken zu. Ihre Hände griffen nach dem Badeanzug.

Draußen vor der Umkleide wurden Männer- und Frauenstimmen laut. Neue Badegäste waren eingetroffen. Samstagnachmittag im Sommer 1953. Es würde heute voll werden im Schwimmbecken und auf der Wiese.

Rolf war noch immer wie verzaubert, als er rasch hinüber zu seiner Tasche lief und sich dort hinsetzte, so tuend, als sei er mit wichtiger Sucherei und Wühlerei in seinen Siebensachen beschäftigt. Die Tür flog auf, und ein Mann, den er aus der Nachbarschaft kannte, kam mit seinem kleinen Sohn herein. Die beiden kamen ihm so fremd vor. Er war in der anderen Welt gewesen. Bei den

Frauen und Mädchen. Nur mit einem Auge. Und nur für Sekunden. Aber er war drüben gewesen. Er war noch nicht wieder zurück. Sein Körper schon. Aber nicht seine Seele. Die würde nie wieder völlig von dort drüben zurückkehren.

Drei Wünsche an eine Fee

Es war einmal ein vom Leben gebeutelter Mann, der sich immerzu danach sehnte, eine Million im Lotto zu gewinnen oder eine Märchenfee zu treffen, die ihm drei Wünsche erfüllt. In seiner unstillbaren Lebensgier dachte er aber dabei, die eine Million zu vielen Millionen zu vermehren. Und der Fee würde er ein Schnippchen schlagen: Als dritten Wunsch würde er sich drei weitere neue Wünsche erbitten und so weiter, bis in die Ewigkeit.

Wie das Leben nun manchmal so spielt, traf er eines Tages diese Fee. Entweder war sie noch recht unerfahren in ihren Geschäften – oder sie war schon so weise und erfahren, daß sie alles ein wenig lockerer sehen konnte. Jedenfalls ging sie auf sein Ansinnen ein. Ehe sie ihm jedoch die drei Wünsche gewährte, wollte sie ihn auf die Probe stellen.

»Was versprichst du dir denn davon, wenn ich auf dein Begehren eingehe?« fragte sie.

»Darüber habe ich noch nie genau nachgedacht. Auf jeden Fall möchte ich meine Sorgen loswerden.«

»Was sind das denn für Sorgen?«

»Hinten und vorne reicht es nicht. Und die Wohnung müßte auch längst renoviert werden.«

»Und sonst fehlt dir nichts?«

Der Mann grübelte eine Weile, sagte aber nichts.

»Bist du krank und möchtest gesund werden?«

»Nein, eigentlich geht es mir ganz gut.«

»Bist du unzufrieden mit deiner Frau oder deinen Kindern?«

»Nein, eigentlich nicht.«

»Und wie steht's mit deinem Beruf? Deiner sozialen Stellung?«

»Damit ist eigentlich alles in Ordnung.«

»Na, was fehlt dir denn sonst?«

Die Fee wurde allmählich ungeduldig, denn ein junger, hübscher Faun wartete auf einer Waldlichtung auf sie, um ihr einen lang gehegten Wunsch zu erfüllen. Deshalb war sie durchaus bereit, dem Mann bei seinen Wünschen entgegenzukommen.

»Nichts, was ich so richtig benennen könnte, fehlt mir«, sagte der Mann zögernd. »Es ist mehr so ein unbestimmtes Unbehagen –«

»Na gut«, seufzte die Fee, warf einen Blick auf den Stand der Sonne und sagte: »Also, was wünschst du dir? Drei Wünsche hast du frei.«

»Wunderbar«, frohlockte der Mann, »nichts leichter als das. Eine Million in bar – und steuerfrei!«

»In welcher Währung? US-Dollar, Schweizer Franken, Euro, Barrengold, Aktien, Pfandbriefe, ein Grundstück in bester City-Lage, jugoslawische Dinar, brasilianische Cruzeiros ...«

»Bloß das nicht«, wehrte der Mann entsetzt ab, »bloß keine Cruzeiros oder Dinar, die sind ja nichts wert. Immobilien machen zuviel Arbeit, und den gerissenen Maklern bin ich nicht gewachsen. Aktien und Pfandbriefe – da muß ich mich mit den Banken rumschlagen. Schweizer Franken wären nicht schlecht, aber noch besser: US-Dollar. Eine Million US-Dollar – aber Moment mal: Kriege ich da nicht Ärger mit dem Finanzamt? Ich meine, die muß ich doch eintauschen, wenn ich was davon haben will, sowas läßt sich doch nicht verheimlichen.«

»Also eine Million Euro im Lotto in der Ziehung am kommenden Samstag?«

Der Mann strahlte. »Ja – das wär's. Aber Moment mal: Halten die denn auch dicht in der Lottozentrale? Ich meine, nicht daß mir dann diese Aasgeier ins Haus kommen, die bucklige Verwandtschaft, Bettelbriefe von Arbeitslosen und so Zeug.«

Die Fee runzelte unmutig die Stirn. »Also, dann eine Million Euro, jetzt gleich, bar auf die Hand.« Sie steckte ihren Arm hinter sich und wollte den Koffer aus dem Gebüsch ziehen, den sie dort für solche Gelegenheiten deponiert hatte. Doch dann sah sie im letzten Moment die kaum verhüllte Besorgnis im Gesicht des Mannes.

»Was ist denn jetzt schon wieder los?« fragte sie unwillig.

»Also ... wissen Sie ...«, sagte der Mann, nach Worten ringend, denn er merkte allmählich, daß er die Geduld und Freundlichkeit der Fee über Gebühr zu strapazieren schien. »Wissen Sie, ich bin noch nie mit einer Million in bar in der Tasche herumgelaufen. Ist das nicht sehr gefährlich? Man liest doch so allerhand in der Zeitung von Raubüberfällen, sogar mitten am helllichten Tag. Vielleicht schleicht jetzt im Augenblick sogar einer um uns herum und beobachtet uns.«

»Keine Sorge«, versicherte ihm die Fee und verdrehte indigniert ihre schönen blauen Augen unter ihrem bunten Frühlingshut, der sie ein wenig wie die junge Königin von England beim Besuch der Rennbahn in Ascot aussehen ließ. »Keine Sorge, niemand ist in der Nähe, der dir die Million klauen könnte.«

»Aber später, wenn ich wieder in der Stadt bin, in der U-Bahn. Und sind die Scheine auch sicher nicht registriert, denn es müssen ja wohl 500-Euro-Scheine sein, sonst kann ich das Ganze kaum unauffällig transportieren ...«

»Du hast zuviel schlechte Romane gelesen«, sagte die Fee und stampfte unwillkürlich mit dem Fuß auf. Da sie eine sehr mächtige Fee war, wackelte die Heide ein wenig, und der Mann erschrak darob. Mißtrauisch besah er die Fee von oben bis unten, ob sie nicht am Ende der Gottseibeiuns war, der ihn in die Irre führen wollte. Aber mit den Füßen der Fee, die beide in zierlichen, bestickten Pantoffeln steckten, war offenbar alles in Ordnung.

»Also, wie ist es nun – willst du die Million oder nicht? Wie wär's denn mit einem Scheck – der wäre das Einfachste für mich«, fauchte die Fee.

Der Mann dachte kurz nach. Dann schüttelte er den Kopf. »Nein, keinen Scheck. Da gibt's nur dumme Fragen bei der Bank. Eine Million in bar – aber gleich bei mir zuhause auf den Schreibtisch, nein, in die Schreibtischschublade. Aber paßt da überhaupt soviel Geld rein?« Er grübelte. Dann erhellte sich sein Gesicht. »Die Hälfte in die Schublade – was nicht reinpaßt, oben auf den Tisch. Meine Frau wird schon nicht gerade in diesem Augenblick ins Zimmer kommen und dann dumme Fragen stellen. Und die andere Hälfte jetzt bar in die Hand.«

»Du traust mir nicht so recht, stimmt's?«, fragte die Fee und eine Unmutsfalte erschien auf ihrer Stirn.

»Naja«, sagte der Mann, »ist das ein Wunder, wenn ich Ihnen nicht traue – wo Sie dauernd was auszusetzen haben an meinen Wünschen?«

»Nein, das Wunder ist, wenn ich in meiner jetzigen seelischen Verfassung die Million überhaupt noch zustande kriege ...«

»Sagen Sie – könnten es nicht doch auch zwei Millionen sein?«, fragte der Mann.

»Gut. Jetzt hast du noch einen Wunsch frei.«

»Oh, das ist aber schön, damit hatte ich nun wirklich nicht gerechnet.« Fassungslos schaute er in den kleinen Samsonite, den die Fee vor ihm aufgeklappt hatte, wie eine Hausiererin ihr Warenangebot. »So viel Geld«, staunte er. »Und das ist alles echt – und alles meins?«

»So ist es. Und jetzt muß ich gehen. Mein Faun wartet. Und er wartet nicht mehr lange.«

»Aber ich hab doch noch einen Wunsch frei!«

»Nun gut, aber mach schon!«

»Also, ich wünsche mir, daß ich heil mit dem Geld nachhause komme.«

»Schon gewährt. Und nun zisch' endlich ab, du Idiot.«

Im selben Augenblick fand der Mann sich zuhause in seinem Zimmer. Er stürzte sich auf das Geld und begann gierig zu zählen. Aber es dauerte nicht lange und er erkannte, daß alle Scheine zwar echt waren, mit Wasserzeichen, Metallfaden und sonstigen Raffinessen, aber alle nur auf einer Seite bedruckt. Und damit würde er wohl Schwierigkeiten bekommen.

Was lernen wir aus dieser Geschichte?

Daß wir die Geduld von Feen, wenn sie uns schon mal über den Weg laufen, nicht über die Maßen strapazieren dürfen. Schon gar nicht, wenn sie zu verstehen geben, daß ein veritabler Faun auf einer nahen Lichtung auf sie wartet. Aber zum Glück ist die Geschichte ja nicht so zu Ende gegangen – sondern ganz anders: Kaum zuhause angekommen, sah der Mann das Ergebnis seiner dummen Wünscherei und richtete in seiner Enttäuschung und Wut erst einmal ein schreckliches Chaos in seinem Zimmer an. Die 500-Euro-Scheine lagen überall herum, mal mit der malvenfarbenen, bedruckten Seite nach oben, mal mit der leeren, weißen Seite. Irgendwann schluckte er einen Tranquilizer, steckt einen der Scheine sorgfältig gefaltet in die Brusttasche seines Hemdes und begab sich wieder hinaus auf die Heide. Dort wartete schon die Fee auf ihn. Den komischen bunten Hut hatte sie nicht mehr auf. Dafür sah er ihr zerzaustes, langes braunes Haar. Das schlechte Gewissen hatte sie zurückgetrieben …

Ja, so etwas wie ein schlechtes Gewissen können auch Feen haben, und daran erkennt man ihre innere Verwandtschaft mit den

Menschen! Außerdem war sie von der Begegnung mit dem jungen Faun auf jener Waldlichtung recht beglückt und entsprechend großzügig gestimmt.

»Also, das sag ich dir gleich«, hub sie an, ehe der enttäuschte Mann mit seinem einseitig bedruckten Fünfhunderter vor ihrer zierlichen Stupsnase herumfuchteln und Vorwürfe äußern konnte. »Das mit der Million kannst du vergessen – Wünsche werden nur einmal erfüllt. Aber ich bin gern bereit, den Abfall zu beseitigen.« Sie schaute aus den Augenwinkeln auf die malvenfarbene Banknote in seiner Hand. »Und ausnahmsweise will ich dir drei neue Wünsche gewähren. Aber überleg dir diesmal sehr genau, was du haben willst.«

»Nichts leichter als das«, sagte der Mann, denn er hatte ja Zeit genug gehabt, sich auszudenken, was ihm alles entgangen war nach dieser ersten, etwas mißglückten Begegnung mit der Fee und der Million. Und in Gedanken setzte er noch hinzu: Na warte, dir werd ich's geben ...

»Also: Was wünscht du dir?«

Der Mann dachte an seine Frau, die ihm in der letzten Zeit mit ihren lauthals vorgetragenen Äußerungen nach mehr Selbständigkeit und Emanzipation gehörig auf den Wecker gegangen war.

»Ich wünsche mir eine Geliebte. Jung soll sie sein und hübsch, und sie soll alles machen, was ich will. Und gern soll sie es tun!«

»Schon gewährt«, sagte die Fee, die in seiner Vorstellung das knallbunte Bild der Thailänderin entdeckte, die der Mann ein paar Tage zuvor in einem Fernsehfilm zu später Stunde sehnsüchtig begafft hatte. Da sie gleichzeitig die Gier des Mannes nach einer unbegrenzten Zahl von Wünschen erkannte, dachte sie zugleich bei sich: Na warte, dir werd ich's geben ...

»Schon gewährt«, wiederholte die Fee und stellte die Thailänderin auf die Heide. Sie war natürlich nackt, so, wie der Mann sie in dem Porno gesehen hatte, und schaute ein wenig verwirrt um sich – denn eben noch hatte sie sich in einem Studio in Hong Kong befunden, wo man den nächsten Film mit ihr drehen wollte.

»Wo soll ich sie hintun, die Hübsche?«, fragte die Fee.

Der Mann hatte den Kopf verlegen beiseite gedreht. »Ich nehme an, sie muß erst mal was Anständiges zum Anziehen haben«, murmelte er.

»An was hast du gedacht?«

»Können Sie ihr nicht der Einfachheit halber das anziehen, was sie anhatte, bevor sie nackt war?«

»Wunsch Nummer zwei sei dir gewährt.«

Langsam und genüßlich zog die Fee das Mädchen mit den Mandelaugen an, wie eine Barbie-Puppe. (Sie hatte auch eine gewisse lesbische Seite, wie sie sehr wohl wußte.) Erst den flotten gelben Tanga, dann die rosa Söckchen, darüber die Jeans und oben ein hautenges hellblaues T-Shirt, das ihre Figur vorteilhaft herausmodellierte. Zum Schluß noch eine rosa Schleife ins Haar und ebenso rosa Ohrclips mit kleinen Muscheln aus Kunststoff. Eine Art umgekehrter Striptease.

»Zufrieden?«, fragte sie den Mann. Der konnte sich gar nicht sattsehen an dem jungen mandeläugigen Geschöpf, das langsam aus seiner Verwirrtheit erwachte.

»Und wo soll ich sie nun hinstellen?«, fragte die Fee. »Ich kann sie ja nicht gut hier herumstehen lassen oder in deine Wohnung versetzen – deine Frau wird sich vermutlich bedanken.«

»Nein, nein, bloß das nicht!« entfuhr es dem Mann. »Am besten wäre es, wenn …« Doch da fiel ihm noch rechtzeitig ein, daß er im Begriff war, seinen dritten und damit letzten Wunsch auszusprechen. Mit einem leisen Seufzer löste er seine Blicke von der Thailänderin, die ihn neugierig musterte (die Fee war für sie ja unsichtbar und nicht zu hören).

»Also«, sagte der Mann, »zunächst einmal bestelle ich – als dritten Wunsch – drei neue Wünsche.«

Die Fee, die längst wußte, auf was sie sich da einließ, sagte nur: »Schon gewährt. Und was soll der erste neue Wunsch sein?«

»Ein hübsches, kleines Appartement, nicht allzu nah an meiner Wohnung, aber auch nicht allzu weit entfernt, das ist wohl das Wichtigste – damit ich sie unterkriegen kann.«

Soso, dachte die Fee, *unterkriegen* willst du sie …

»Schon gewährt«, sagte sie dann. »Und wie soll ich die Wohnung einrichten? Soll sie sich dort wohl fühlen – oder du? Oder soll sie sich in dem einen Zimmer zuhause fühlen – und du in dem anderen?«

»Wieviel Zimmer sind es denn?«

»Ich habe mich nach deinen finanziellen Möglichkeiten gerichtet: Mehr als eine Zweizimmerwohnung wirst du dir nicht leisten können – und das auch nur für ein halbes Jahr. Leider kannst du dir ja jetzt weder eine Million noch sonstiges Bargeld mehr wünschen.«

»Und mit der Übernahme der Miete für ein paar Jahre – wie steht's damit?«

»Okay. Wunsch Nummer zwei ist gewährt. Miete für drei Jahre.« Die Fee hatte die Zahl bereits in seinen Vorstellungen deutlich gesehen. »Und jetzt zurück zur Einrichtung. Wie soll das erste Zimmer aussehen?«

So leicht legst du mich nicht rein, dachte der Mann, das wäre ja Wunsch Nummer drei, und dann steh ich ganz schön dumm da ...

»Zunächst mal wünsche ich mir drei neue Wünsche«, sagte er und löste mit einiger Anstrengung seine Augen von den Mandelaugen der Thailänderin, die ihn unverwandt anblickte, schon ein wenig verliebt in diesen großwüchsigen Europäer, der ihr da so unverhofft gegenüberstand, genauso, wie sie es sich in einsamen Nächten oft erträumt hatte.

»Drei neue Wünsche seien dir gewährt«, sagte die Fee.

»Gut«, sagte der Mann, »also das eine Zimmer soll meines sein und soll so aussehen –« Er wollte näher beschreiben, was er sich wünschte, aber die Fee sagte er nur: »Hab's schon gesehen und eingerichtet. Riesiges Wasserbett, ganz viele Spiegel an der Decke und an den Wänden.«

»Und ihr Zimmer soll so sein, wie sie sich ein Zimmer vorstellt, in dem sie sich mit mir wohl fühlt ...«

»Schon gewährt«, sagte die Fee – und langweilte sich bereits ein wenig, denn auch für eine Fee ist es nicht gerade erfreulich, so kurz hintereinander zwei Schlafzimmer mit einem riesigen Wasserbett und Spiegeln an der Decke und den Wänden einzurichten, nur weil die beiden Turteltauben zufällig dasselbe Foto in derselben international verbreiteten Illustriertenserie »So wohnt man bei den oberen Zehntausend« gesehen hatten. Einziger Unterschied zwischen den Einrichtungen: Das Bidet im Bad der Thailändern, auf so etwas kommt ein Mann nicht, und darüber freute sich die Fee, weil sie Abwechslung liebte.

»Sind das nun zwei Wünsche oder einer, diese beiden Zimmereinrichtungen?«, fragte der Mann mißtrauisch. Die Fee überlegte kurz, dann sagte sie: »Ein Wunsch. Es ist ja die gleiche Wohnung.«

»Gut. Verstehen sollten wir uns auch. Also muß ich mir wohl noch wünschen, daß sie Deutsch spricht.«

»Alles klar«, sagte die Fee, »sie hat in der Schule Deutsch gelernt.«

»Sehr gut. Dann also drei neue Wünsche bitte. Der erste davon soll ein Porsche Targa Turbo Kabriolett sein.« Er stutzte: »Gibt's sowas denn überhaupt?«

»Wenn du dir das wünscht, dann gibt es das – und sei es als Sonderanfertigung. Ich darf dich jedoch daran erinnern, daß man dir vor zwei Monaten den Führerschein abgenommen hat, weil du betrunken Auto gefahren bist, dein eigenes Auto zu Schrott gefahren hast und die zwei Leute im anderen Auto schwer verletzt wurden. Außerdem mußt du erst noch diesen Prozeß gewinnen, damit du nicht ins Kittchen kommst, weil es ja nicht dein erster Unfall dieser Art war, sondern noch von vor drei Jahren eine Strafe zur Bewährung ansteht. Da gibt's also noch einiges zu wünschen, wenn du an diesem Porsche deine Freude haben willst.« Sie lächelte maliziös und fügte hinzu: »Es sei denn, du wünscht deiner thailändischen Neuerwerbung einen eigenen Führerschein.«

Der Mann war nun völlig durcheinander. Er schaute hinüber zu der Schönen, die ihn erwartungsvoll anblickt, dann wanderten seine Augen zurück zur Fee. Die machte eine merkwürdige Bewegung mit dem Kopf, so, als würde sie jemanden herbeizitieren. Und tatsächlich kam auch jemand. Aber es war kein Mensch, sondern ein mächtiger Löwe mit buschiger Mähne. Langsam und majestätisch schritt er heran und blieb dicht bei der Fee stehen. Diese hatte plötzlich viele Blumen in allen Farben auf dem Kopf, und es sah so aus, als würden sie dort wie ihre Haare sprießen, die sich schlangengleich in langen, kräftigen Flechten über die Schultern gossen.

Während sie unverwandt den Mann anschaute, nahm sie mit ihren Händen die Kiefer des Löwen und zog sie auseinander, sodaß der rotflammende Rachen des Raubtiers sich weit öffnet. Ein tiefes Grollen kam aus seinem Inneren, aber der Löwe ließ geduldig mit sich geschehen, was die Fee mit ihm machte. Dann lief ein Zittern über die Flanken seines Körpers, erfaßte die Beine und Pranken und seinen Kopf samt Mähne, und schließlich löste sich das ganze Geschöpf in eine Art hitzeflirrender Sinnestäuschung auf.

»Was machen Sie da?«, stotterte der Mann. Er war nicht dumm und begriff, daß die Fee ihm mit dieser Erscheinung wortlos etwas mitteilen wollte. Aber was?

»Ich beginne mich zu langweilen«, sagte die Fee.

Er verstand die Botschaft nicht. Aber vielleicht war es ja auch nur ein Ablenkungsmanöver. Begehrlich wanderten seine Blicke wieder hinüber zu der Thaifrau, während seine Füße gleichzeitig zögernde Schritte in ihre Richtung machten.

»Dein nächster Wunsch«, sagte die Fee leise, »wie steht es damit?«

»Wieviele Wünsche hab ich denn noch frei?«, fragte er ratlos zurück. Die Erscheinung des Löwen, den sie so mühelos gezähmt hatte, ging ihm nicht aus dem Kopf und machte ihn ein wenig wirr. Er hatte zunehmend Mühe, sich zu konzentrieren. Da war doch das mit dem Porsche und dem Führerschein gewesen und ob er oder die Thailänderin – aber mußte die denn seinen Porsche fahren …

»Im Augenblick hast du zwei Wünsche gut. Der Porsche steht hinter dir.«

Der Mann drehte sich um, trat er an das Auto und faßte es ungläubig an. Tatsächlich, es war ein Porsche Targa – und noch dazu ein Kabriolett, hinten mit dem Signet Turbo versehen. Das alles in silberglänzendem Metallic, genauso, wie er es sich vorgestellt hatte, die Sitze mit hellbraunem Schweinsleder überzogen.

»Gefällt er dir?«, fragte er die Thailänderin und machte gleichzeitig eine einladende Geste.

Sie nickte zögernd und kam einige Schritte näher.

»Wie heißt du denn?«, fragte der Mann mit belegter Stimme. Dabei wurde er sich unangenehm seiner alten Schüchternheit bewußt.

»Du mußt ihr erst einen Namen geben«, kam es von der Fee. »Und denk an den Führerschein und daß man ihn dir weggenommen hat – und an den Prozeß …«

»Jaja, schon gut.« Noch zwei Wünsche waren also frei. »Sie soll Suzie heißen«, sagte er heiser.

»Suzie oder Susie? Mit s oder mit z in der Mitte?«

»Mit z. Wie die Suzie Wong im Film.«

»Aha.«

Die Fee warf einen verstohlenen Blick auf ihre Armbanduhr. Es war eine Swatch mit modischem Labyrinth-Look. Sie dachte an ihren Faun. »Und dann nochmal drei Wünsche, wie gehabt«, hörte sie den Mann sagen. Sie nickte ergebungsvoll, denn sie ahnte, was kommen würde.

»Also, Wunsch eins: weg mit dieser blöden Schüchternheit.

Wunsch zwei: weg mit dieser –« Er zögerte, schaute der Fee dann aber mit neu gewonnener Frechheit in die Augen: »Her mit unerschöpflicher Manneskraft!«

Soso, Manneskraft, nennst du das, dachte die Fee, in welchem Roman hast du das denn aufgeschnappt? Sie konnte sich das Lachen kaum verbeißen, denn die modisch enge Hose des Mannes hatte sich vorne im Schritt prall gefüllt. Das war ihm nun zwar nicht mehr peinlich, nachdem die Schüchternheit ja wie gewünscht dahin war – aber er wußte mit dieser Prallheit zunächst noch nichts Rechtes anzufangen.

»Wenn ich recht gezählt habe, brauche ich jetzt wohl wieder drei neue Wünsche. Das wird allmählich mühsam, diese Art von Kontoführung«, nörgelte er.

»Du hast es so gewollt«, sagte die Fee und wartete gespannt darauf, wie es weitergehen würde.

»Heh, Suzie«, sagte der Mann und stellte sich hinter den Wagen, »schau mal, was ich dir Schönes mitgebracht habe: Diesen Porsche schenke ich dir.«

»Oh, das ist nett. Aber ich kann gar nicht fahren …«

»Kein Problem«, beschwichtigte er großspurig und schnippte mit den Fingern in Richtung Fee, während er aus dem Mundwinkel zischte: »Den Führerschein – für Suzie.« Und zu der Asiatin gewandt fügte er hinzu: »Das Auto fährt sich gewissermaßen von selber. Probier's doch mal.«

»Aber ich hätte viel lieber ein anderes Auto, so einen Porsche fährt doch bald jeder.«

»Was darf's denn sein?«

Sie war nun ganz nah bei ihm. Er sog ihr Parfum ein und spürte die animalische Nähe ihres Körpers hautnah, was ihn in einen noch nie erlebten Zustand von sinnlichem Begehren versetzte.

»Am liebsten wäre mir ein Lamborghini, mit weinroten Ledersitzen und taubengrauem Himmel, außen saharagelb – hier, so wie auf diesem Foto.« Sie zog aus der Gesäßtasche ihrer hautengen Jeans ein Bild, das sie wie einen Fetisch immer bei sich trug, seit sie sechzehn war. Der Mann nahm es und hielt es der Fee hin. Im selben Augenblick stand das Auto auf der Heide, dicht neben dem Porsche. Die Thailänderin klatschte vor Vergnügen in die Hände. Dann stieg sie ein, er setzte sich neben sie, und sie drehte den Schlüssel um. Aber der Lamborghini hatte ebenso wenig Benzin im Tank wie der Porsche, und mit Wünschen war nichts mehr, denn –

»Aber ich hab mir doch erst zweimal was gewünscht«, fluchte der Mann und sah sich wütend nach der Fee um. Doch diese war längst bei ihrem Faun. Endlich entdeckte der Mann unter dem Scheibenwischer auf seiner Seite den Wohnungsschlüssel sowie den Computerausdruck, auf dem alle seine Wünsche verzeichnet waren, in vielen Dreiergruppen angeordnet und in sehr kleiner Schrift. Die letzte Gruppe lautete:

7.1 Fahrenkönnen für Suzie
7.2 Führerschein für Suzie
7.3 Lamborghini für Suzie

Deprimiert kramte er in seinen Taschen nach Geld. Es würde für ein paar Liter Benzin reichen. Aber erst einmal galt es, die Heide zu durchqueren und eine Tankstelle zu finden, die geöffnet hatte. Das taten sie denn auch. Einmal kamen sie, es war schon zur Dämmerung, an einem Wäldchen vorbei, aus dem helle, spitze Schreie und grollende, röhrende Antworten klangen. Suzie sah ihren Johannes (so hieß der Mann) von der Seite her auffordernd an. Aber Johannes war müde und mit ganz anderen Gedanken beschäftigt, von denen der Unterhalt einer Geliebten, eines Lamborghini und eines Porsche nicht einmal die wichtigsten waren.

Archivar der Zukunft

Dr. Hieronymos Pigertaber betrat das Archiv, wie jeden Morgen. Es war *sein* Archiv. Für sich hatte er es eingerichtet, vor vielen Jahren. Nur für sich, ganz seinen Neigungen und Interessen folgend. Eine Zeit lang war er verheiratet gewesen, hatte drei oder vier Kinder gehabt (er wußte das nicht mehr so genau, es war schon einige Jahrgänge der *Süddeutschen Zeitung* und anderer Journale her, die er auswertete). Aber Frau und Kinder hatten ihn irgendwann verlassen, und er war – nach anfänglicher Bestürzung über das plötzliche Alleinsein – mehr und mehr froh darüber, sich ganz der Fütterung und Dressur seines Archivs widmen zu können.

Ja, so nannte er es bei sich: *Fütterung* und *Dressur*. Das Archiv war in den Jahrzehnten zu einer Art Zoo geworden. Jedes der Themen, für die er Material, nein: *Nahrung* sammelte, war einer Tiergattung zugeordnet. Da gab es zum Beispiel die gefährlichen Themen: Unfallgefahren, Aids und andere schreckliche Krankheiten, Erdbeben, Terrorismus, Krieg und Revolution. All das eben, wovor er Angst hatte.

Die Hängemappen, in denen er solches säuberlich signiert, datiert und auf weiße DIN A 4-Blätter aufgeklebt verwahrte, trugen nicht nur kleine weiße Schildchen in durchsichtigen Plastikreitern, auf denen »Atombombe« und »Tsunami« und »Amoklauf« und »Kriminalität« stand – nein: Sie trugen auch noch eine heimliche Bezeichnung, die nirgends notiert war, eine Bezeichnung, die nur sein Gehirn kannte.

Terrorismus zum Beispiel, das war der *Tiger*. Und wenn er eine schreckliche Meldung über die weitere Eskalation des Kokainmißbrauchs in den USA oder in der Bundesrepublik fand, dann fütterte er damit den *Weißen Hai*. Berichte über die Mafia landeten bei den *Kobras*, eine bewaffnete Invasion von PLO-Freischärlern in Israel oder von israelischen Soldaten im Libanon war Leibspeise der *Elefanten*.

Machten die Sowjets etwas Schreckliches in Afghanistan oder

die Briten auf den Falkland-Inseln oder die Amerikaner im Irak, so warteten bereits die *Wale* auf ihr Futter. Noch größere Tiere gab es nicht in seinem Zoo. (Die gab es nur in seiner Phantasie – und wie es sie dort gab!)

Dafür gab es jede Menge kleinere Tiere. Zum Beispiel die *Piranhas*! Das waren zum Beispiel Autofahrer, die betrunken kleine Kinder oder alte Leute an Zebrastreifen und in 30-Kilometer-Zonen überfuhren. Eines seiner Lieblingstiere, unablässig mit *Kohlblättern* gefüttert, war die *Napfschnecke*. In der mit ihrem Namen versehenen Hängemappe wurde alles archiviert, was Politiker Bemerkenswertes von sich gaben und entschieden, vor allem aber die Fettnäpfchen-Akrobatik eines ehemaligen Bundeskanzlers.

An dem Morgen, als Dr. Hieronymos Pigertaber zum tausendsten Mal die »Papierwüsten« betrat (wie er das Archiv in einem Anflug von sarkastischer Selbstkritik auch schon mal nannte), da war etwas anders geworden. Er hatte einen Auftrag bekommen. Ein »Institut für Zukunftsberatung«, von dem er noch nie zuvor etwas gehört hatte, machte ihm ein Angebot. Er wußte nicht, wie sie ausgerechnet auf ihn gestoßen waren unter all den vielen möglichen Archivaren.

»Institut für Zukunftsberatung«, murmelte er selbstvergessen, »noch nie davon gehört.«

Zumindest konnte er sich nicht daran erinnern, eine Meldung oder einen Bericht über dieses ominöse Institut in einer der Hängemappen abgelegt, pardon: eines der Tiere seines Zoos mit solcher Nahrung gefüttert zu haben. Vielleicht wurde er bei den *Delphinen* fündig, was hieß: bei den Futurologen?

Er zog die betreffende Mappe aus dem Hängekorb, blätterte die säuberlich aufgeklebten und chronologisch sortierten Clippings durch, deren jüngstes immer zuvorderst stand. Fehlanzeige.

Eine gewisse Verwirrung überkam ihn. Wie er es immer in diesem höchst unangenehmen Zustand zu tun pflegte, flüchtete er sich in Erinnerungen. Die andere Möglichkeit in so einem Fall wäre gewesen, im Archiv zu kramen oder noch nicht einsortierte Clippings einzusortieren oder unaufgeklebte aufzukleben oder unsignierte zu signieren oder obsolet gewordene, von den Zeitläufen überholte Einträge zu eliminieren. Aber an diesem verwirrenden Morgen *erinnerte* er sich. Da stieg er gewissermaßen in die inneren Archive seiner höchstpersönlichen Vergangenheit hinab. Er sah seinen Vater vor sich, im Wohn- und zugleich Arbeitszimmer. Tische, Stühle, Sofa, Schrank waren übersät mit wirren Häufchen von Briefen, Notizen und vor allem Zeitungsausschnitten.

Der Vater hatte wohl gerade den Raum verlassen. Das Fenster stand weit auf, mit Blick auf den See, den der Föhnsturm aufwühlte. Ehe der kleine Hiernymos die drohende Gefahr erkennen und die Tür hinter sich schließen konnte, war der Sturm durch den Raum gefaucht, hatte sämtliches Papier hochgewirbelt und wie ein riesiger Staubsauger das meiste davon hinaus ins Freie gerissen. Er rannte, den Knall der Tür noch im Ohr, zum Fenster, starrte hinaus auf das weiße Gewimmel, das wie ein Schwarm seltsam flacher Möwen den schorfigen Abhang hinabsegelte und sich auf die wildschäumenden Wogen senkte. Die Schläge, die er als Belohnung für seine damalige Unachtsamkeit empfangen hatte, schmerzten ihn heute noch.

Angestrengt zwang sich Dr. Pigertaber, die Vergangenheit wieder loszulassen und in die Gegenwart zurückzukehren. Er wußte, warum er Archivar geworden war, wußte es in diesem Augenblick ganz genau. Er wollte beweisen, daß er mit ausgeschnittenem Papier sorgsam umgehen konnte und vor allem: daß er es, ordnend und zielstrebig, besser konnte als sein Vater.

Er hatte schon bald nach dem unliebsamen Zwischenfall, kaum in der Pubertät, begriffen, daß sein Vater in all dem Papier nach etwas suchte, vor allem in den kopierten Seiten aus Büchern, die er gerade las, und in den Zeitungsausschnitten. Aber wonach suchte er?

Nach irgendwelchen geheimnisvollen Zusammenhängen? In einem Puzzlespiel, dessen Entwurf ihm, dem Sohn, nicht bekannt war? Der Vater hatte nie darüber gesprochen. Und als Pigertaber nach seinem Tod die Papiere sichtete, in der Hoffnung, Aufschluß zu finden, Hinweise, vielleicht sogar des Rätsels Lösung, hatte er bald frustriert erkennen müssen, daß es vermutlich gar keine Lösung gab. Nicht einmal ein Rätsel. Der Vater war wahrscheinlich einfach ein von seinem Schnippelzwang besessener Neurotiker gewesen.

In einem Anfall von Wut hatte Pigertaber junior (wie er eine Weile hieß) damals die ganzen Fetzen dieser nutzlosen väterlichen Existenz vernichtet – um dann Jahre darauf, während seines Studiums der Philosophie, plötzlich zu entdecken, daß er selbst die

Marotte des Sammelns von Informationen entwickelte. So wie der Vater vom Verkauf von Büromöbeln den Lebensunterhalt der Familie bestritt und seine ganze freie Zeit den Papieren widmete, so lebte er, der Sohn, vom Verkauf von Computern. Bis die unverhoffte Erbschaft von einem fernen Verwandten ihn von dieser Fron erlöste.

Es war nicht lange danach (seine Frau und die Kinder hatten ihn mit der Hälfte der geerbten Beute längst verlassen), als er doch noch das Geheimnis des Vaters enthüllte. Weil er es bei sich selbst wiederfand. Er sammelte all diese Informationen zunächst einem dunklen, völlig unbewußten Trieb folgend. Aber es gab auch eine zunehmend bewußter werdende Komponente bei all der dranghaften Aktivität, die sich durch nichts bremsen ließ: Er erhoffte sich davon, dem *Sinn der Welt* auf die Spur zu kommen, der Handschrift, der persönlichen Signatur des Weltgeistes gewissermaßen, der sich – so seine immer klarer werdende Gewißheit – auf irgendeine Art in den Ereignissen dieser Welt manifestierte.

Und wenn man die Nachrichten über diese Ereignisse zusammentrug, wenn man es schaffte, sie richtig zu analysieren und schließlich auf passende Weise miteinander in Beziehung zu setzen, dann würde ihm, dessen war er sich gewiß, die Botschaft des Weltgeistes und damit zwangsläufig auch der Sinn der Welt enthüllt. Und damit auch der Sinn seines eigenen kleinen Lebens.

Diese stickige, staubige Luft in dem engen Raum! Er stürzte zum Fenster hin und riß beide Flügel weit auf. Draußen tobte der Föhnsturm, wühlte das schmutziggraue Wasser des Sees auf. Zwei Möwen segelten mit spitzen Schreien dicht über die Gischt.

Die Tür, durchfuhr es ihn, er hatte die Tür nicht geschlossen! Wie damals, mehr als dreißig Jahre zuvor!

Der Föhnsturm tobte herein, packte jedes lose Blatt, riß sogar die Hängemappen aus den Hängetrögen, leerte ihre sorgsam sortierten Clippings hohnvoll in den Raum, riß sie dann in wilden Tänzen hoch. Spiralen aus flatterndem Weiß erhoben sich, mit Druckerschwärze gesprenkelte Vogelschwärme, die ihn wild umkreisten, mit spitzen Krallen nach ihm schlugen und endlich in wahnwitziger Flucht hinaus ins Freie tobten, über den Steilhang ins zuckende Brodeln des Sees.

Ach, wenn es doch so wäre, durchzuckte ihn ein Gedanke aus

rebellischen Tiefen. Doch er versiegelte sogleich wieder den Abgrund, den die Erinnerung aufgerissen hatte, schloß das Fenster wieder und ließ den erschrockenen Blick, der langsam ruhiger wurde, über die verschlossene Tür gleiten, über die wohlgefüllten Regale mit ihren sorgsam in Klarsichtfolie verpackten bunten Buchrücken, über die Straßen mit Hängetrögen, in denen die Hängemappen-Hundertschaften ihre Clippings bargen, Tausende und Abertausende von ihnen.

»Alles in Ordnung«, seufzte er. In den Käfigen regte es sich schon und verlangte unruhig nach Nahrung. Steif bückte Dr. Hieronymos Pigertaber sich zu dem einen weißen Blatt herab, das am Boden lag und vorhin seinen Händen entfallen war. »Institut für Zukunftsberatung« lasen seine kurzsichtigen Augen in grünen Buchstaben. Es war ein zartes Grün, das man Reseda nannte. Der Text unterhalb des dezenten Briefkopfes war in schwarzer Schrift gehalten, wahrscheinlich vom Drucker eines Computers hergestellt. Aber es war eindeutig ein persönlicher Brief, keine Dutzendware. Er begann zu lesen:

Sehr geehrter Herr Doktor Pigertaber,

wir würden gerne persönlichen Kontakt mit Ihnen aufnehmen betreffs Ihres vielgerühmten Archivs. Wir befassen uns, wie Sie dem beigefügten Programm entnehmen können, mit einer neu entwickelten Disziplin, dem »Zukunfts-Management«, in dem wir sowohl Führungskräfte wie auch andere interessierte Personen mit der Möglichkeit einer bewußteren Gestaltung ihrer beruflichen und privaten Zukunft vertraut machen. Besonderes Gewicht legen wir dabei, wie Sie den einzelnen Seminarbeschreibungen entnehmen können ...

Es folgten etwas umständliche Ausführungen über die unbedingt nötige Balance zwischen den Fähigkeiten der beiden Gehirnhälften, nämlich sich auf die Zukunft sowohl rational analysierend wie auch intuitiv-visionär vorzubereiten. Kopfschüttelnd las Pigertaber weiter, dem selben Zwang folgend, der ihn auch keinen einzigen Zeitungsartikel aus der Hand legen ließ, ehe das letzte Wort von seinem Gehirn aufgesaugt war. Als er den abschließenden Absatz studiert hatte, fühlte er sich mehr verwirrt als aufgeklärt:

Hierbei ist natürlich, wie Sie sich vorstellen können, möglichst fundiertes Wissen um die laufenden Trends, positiver wie negativer Natur, unerläßlich. Wir stellen uns vor, daß Ihr Archiv und vor allem Ihr persönliches Wissen, das Sie in diesem Archiv gespeichert haben, für unsere Seminare von unschätzbarem Wert wären. Deshalb würden wir uns über eine Zusammenarbeit, in welcher Form auch immer, sehr freuen.

Für einen ersten Kontakt wenden Sie sich bitte, Ihr eigenes Interesse vorausgesetzt, an unsere Mitarbeiterin, Frau Marlies Weber-Schindler.

Mit vorzüglicher Hochachtung verbleibe ich

Dr. Justus Hohrainer, Direktor IfZF

Pigertaber ließ den Brief sinken, legte ihn langsam auf den langen Schreibtisch aus schwarz gebeizter Eiche. Eine Möglichkeit, sein Archiv tatsächlich zu nützen – davon hatte er immer geträumt, hatte dieser Möglichkeit aber nie eine echte Chance eingeräumt. Und nun war es tatsächlich soweit! Es war unfaßbar. Eine gewisse Verwirrung überkam ihn. Als er nach einer Weile wieder zu sich kam, kratzte er sich nachdenklich am Kopf, der in all den Jahren nahezu kahl geworden war vom vielen Nachdenken und Archivieren. Der *Drache* regte sich. Langsam gruben seine Finger in den Taschen nach Streichhölzern. Dann holte er den Kanister mit Benzin, den er für diesen Fall der Fälle vorbereitet hatte, vor vielen Jahren schon. Sorgsam goß er die scharf riechende Flüssigkeit über den Käfigen und Aquarien aus, dem rebellischen Fauchen und Brüllen der Eingeschlossenen zum Trotz. Er entzündete ein Streichholz, ein einziges nur, und ließ es über dem Areal der *Raubtiere* fallen.

Er öffnete erneut das Fenster. Dann ging er, das flotte Knistern im Rücken, zur Tür hinaus, zum Haus hinaus, auf die Straße. Der Föhnsturm rüttelte an seiner Jacke, bis er sie befreit von sich warf. Immer weiter lief er die Straße entlang. Den nächsten Hügel hinauf und hinab. Bog in einen Weg durch Äcker ein. Lief den nächsten Hügel hinauf. Hinab. Bis er in die Wälder kam. Nicht ein einziges Mal wandte er den Blick zurück.

Zehn Prozent von allem

Er trat hinaus auf die Terrasse und nahm Platz in seinem Lieblingskorbsessel. Es war die kleinere der Terrassen, die mit den hellblauen Kacheln, nach Westen ausgerichtet. Sie war nicht von ungefähr nur etwa ein Zehntel so groß wie die andere, beige gekachelte Fläche, die nach Osten zeigte und auf der er so gerne mit seiner Familie den Morgen begrüßte.

Begrüßt hatte – denn das war nun vorbei! Die Geschäftigkeit einer Familie hatte sich in Nichts aufgelöst, seitdem Hella und die Kinder verschwunden waren. Die Villa, weiß gekalkt im Stil der mediterranen Umgebung, war jetzt ganz *seine* Behausung. Er war wieder der Einsiedlerkrebs aus jener Zeit, ehe er seiner Seeanemone begegnet war. Doch die hatte ihre Nesseln gegen ihn gekehrt und war wieder davongeschwommen. Das Gift brannte überall in seiner Seele.

Vielleicht hätte er das Kindermädchen und Georg, den Leibwächter und Gärtner und Mann für alles, doch nicht gleich entlassen sollen. Janine war hübsch und ihm einige Male sehr zugeneigt gewesen. Aber die Blicke, die sie gelegentlich mit Georg wechselte, beim Einladen des Gepäcks vor einer größeren Reise, bei Einkäufen im nahen Städtchen –

Oder die Blicke, die Georg mit Hella kreuzte, wenn auch nur dieses eine Mal, als sie sich unbeobachtet glaubten …

Ich bin paranoid, dachte er. Jetzt holt mich die Vergangenheit ein. Ich bin Ben Wagner, und das Haus, in dem ich hier stehe, ist gut eine Million wert, mit allen Installationen, selbst hier in dieser gottverlassenen Gegend von Kreta. Das ist nicht einmal ein Zehntel meines Vermögens – oder vielleicht doch, wenn der Dollar weiter sinkt?

»Hey, Ben!«, schrie er hinunter in die Brandung, die seit Jahrtausenden an der Klippe nagte. Aber er schrie es ohne Mund. *I have no mouth und I must scream* – nicht zufällig hatte er, bevor er eingeschlafen war, ausgerechnet diese Geschichte von Harlan

Ellison aus seiner zerfledderten Sammlung alter Science-Fiction-Hefte herausgezogen und versucht, im Lesen zu vergessen, wie stumm das Haus geworden war. Dabei hatten sie am Morgen auf der anderen Seite noch gefrühstückt, vom Segeltuchdach vor dem Gleißen und Glitzern der Sonne über der Ägäis nur notdürftig geschützt. Es war Georgs letzte Handlung gewesen. »Ich kündige«, hatte er eine Minute davor gesagt. Wagner war so verdutzt gewesen, daß er nur automatisch erwidert hatte: »Wenn Sie noch den Sonnenschutz vorziehen würden –« Das hatte der Leibwächter getan, höflich wie immer, danach: nichts mehr.

Der Computer kündigte unüberhörbar an, daß in der Mailbox eine Nachricht gelandet war. Im Rolls Royce war ein Laptop installiert. Vielleicht hatte Hella es sich auf dem Weg zum Flughafen doch noch anders überlegt. Er lief die Wendeltreppe hinunter, die von der Terrasse auf dem Eckturm der ausgebauten alten Piratenfestung in das Herz der *Burg* führte, wie er es bei sich gerne nannte. Aber in der Mailbox, die er mit zittrigen Fingern öffnete, war nur ein einziger Satz gespeichert: »hallo $ zehn prozent $ komme um sieben $ t.t.«

Er kannte keinen, der das Kürzel »t.t.« benützte. Aber dieser seltsame Hinweis auf die »zehn prozent« ...

Auch auf dem Drucker des Faxgeräts war keine Meldung von Hella, nur eine Mitteilung von *Sotheby's*, daß sie sein Angebot für die Max-Ernst-Lithographie gespeichert hätten. Welche Lithographie? Er grübelte darüber nach, während er die Wendeltreppe wieder hinaufstieg. Max Ernst hatte er einmal gesammelt, das stimmte. Aber wie alle Surrealisten und Symbolisten hatten die Japaner auch seinen Liebling aus dem Markt förmlich herausgesaugt.

Wer zum Teufel war »t.t.«?

»Nimm immer zehn Prozent, wenn du ein Geschäft machst. Das ist reell. Das ist nicht wenig, aber es ist vor allem nicht unbescheiden. Und gib auch niemals mehr als zehn Prozent, vor allem nicht dem Finanzamt!«

Ben sah das breite Grinsen seines Großvaters so deutlich vor sich, als hinge sein Bild an der Wand gegenüber. Der Großvater, der einst einen kleinen Bauernhof im Oberfränkischen bewirtschaftete, aber sein Geld mit Viehhandel verdiente. Zehn Jahre vor dem Verschwinden der Grenze zur DDR hatte er ein riesiges Stück Land vom alten Wagner Sepp gekauft. Danach kam das eine Mal, wo er nicht zehn Prozent verlangt hatte, sondern zehntausend. Der Münchner Weltkonzern bezahlte es und legte damit den Grundstock zu jenem Vermögen, das – fast vollständig – auf den Enkel Benjamin übergegangen war. Er hatte da nicht viel nachhelfen müssen, damals. Es war seine erste *Transaktion* gewesen, wie er so etwas seitdem immer nannte. Und naja, es waren schon um einiges weniger als zehn Prozent gewesen, was er den Geschwistern ausbezahlt hatte –

Aber da war keine Wand, um das Bild des verschmitzten Großvaters zu halten. Da war vor Ben Wagner nur die glitzernde Ägäis, hundert Meter tiefer nagend und nagend, und weil die spätnachmittagliche Brise so kräftig wehte, war das Rauschen der Brandung nur leise zu hören.

Ich sollte mir was zu Trinken mixen, dachte er. *Das werde ich selber tun müssen. Na ja, warum nicht. Früher habe ich mir die Socken auch selber gewaschen. Und wenn keine Frau im Haus ist, kann ich mir immer noch selber einen runterholen.*

Als hätte ihm jemand von hinten einen schweren naßen Pelz umgelegt, kroch die Melancholie auf Wagner hinauf und allmählich in ihn hinein. Er hatte sie für eine Viertelstunde verscheucht, diese Verstimmung, mit Mailbox-Ding-Dong und Wendeltreppengerenne. Aber nun war sie wieder da. Mit einer Intensität, die noch schlimmer war als zuvor, als er im Schlafzimmer zwei Stockwerke tiefer aus seinem zähen Mittagsschlaf aufgeschreckt war, irgendeinen schrecklichen Albtraum im Nacken.

Warum wieder diese Albträume? Diese seltsamen Partys mit Menschen, die sich zeitlupenartig bewegten, diese Landschaften, die er nie betreten hatte, die ihm völlig unbekannt waren und doch auch wieder so eigenartig vertraut. Und dann dieses ungeheure schwarze Loch, das ihn angähnte, wenn er es wagte, die Augen zu schließen. Das hatte ihm doch früher alles nichts ausgemacht. Das hatte er doch alles locker weggesteckt.

»komme um sieben $ t.t.«

Nur ein »o« fehlte zwischen den beiden »t«, dann würde es sich lesen wie … Bis sieben Uhr war es nicht mehr lange. Aber da war eben auch das, was vorher geschehen war, und das sich nun nicht länger verdrängen ließ.

»Du bist so unleidlich«, hatte Hella einige Stunden zuvor gesagt. »Seit Wochen schon.«

»Unleidlich?«

»Das trifft es vielleicht nicht richtig. Du wirkst deprimiert, beinahe traurig.«

»Traurig?« Er bereute den sarkastischen Unterton, noch während er das Wort zwischen seinen Zähnen genüßlich zerquetschte.

»Geh zum Arzt, Ben. Du bist krank, das merkt man doch.«

»Ach was, mir fehlt nichts. Ein wenig überarbeitet vielleicht.«

»Das Herz, Ben, du hörst nicht auf dein Herz! Und die leisen Krämpfe werden heftiger werden. Erinnerst du dich, was Doktor Brauer gesagt hat? Und das war schon vor über einem Jahr, nach deinem Zusammen-«

»Es gab keinen Zusammenbruch. Ich brauchte lediglich eine Erholungspause. Das war alles. Ich kann mir immer noch ein neues Herz leisten, wenn's sein muß«, hatte er geblafft. »Wie der Fürst von Thurn und Taxis. Und sogar ein drittes und ein viertes obendrein!« *Aber machen lassen würde ich das nicht einmal im Traum*, fügte er in Gedanken hinzu. *In meinem Brustkorb herumfummeln! Und die Leber? All die vielen Martinis und Scotch Straights. Nein, Säufer bin ich keiner. Und ich rauche nicht. Dazu die Luft hier am Meer – sie ist exzellent. Und Baden muß man ja nicht am versauten Strand, dafür habe ich mir den irrsinnig teuren Pool in die Felsen schlagen lassen.*

»Wenn Sie so weitermachen«, hatte der Arzt in der exklusiven Klinik am Starnberger See gesagt, »dann gebe ich Ihnen noch drei oder vier Jahre, maximal fünf.«

»Na fein«, hatte er damals gegrinst, »das sind ja genau zehn Prozent von dem, was ich schon hinter mir habe.«

Er wechselte den Arzt und die Klinik. Das Ziehen am unteren linken Rippenbogen verschwand wieder. Fast völlig.

Ob er den Joint besser nicht geraucht hätte, nachdem Hella und die traurig blickenden Kinder sowie Georg, Janine und der goldbraune Rolls um die Biegung verschwunden waren? Er hatte sorgfältig das schwere Stahltor verschlossen, dazu die Warnvorrichtungen und das mörderische Arsenal der Verteidigungsanlage aktiviert. Alles vom Feinsten, was sein Katalog all denen bot, die zu zahlen bereit und fähig waren.

Aber so stark war der Joint nicht gewesen, schon recht alt, das Zeug, Geschenk irgendeines Kunden oder Lieferanten. Man bekam die absonderlichsten Geschenke, wenn man mit den richtigen Waren handelte und eigentlich schon alles besaß. Wagner stützte sich schwer auf die Brüstung. Er war froh, daß die Steine hoch genug gemauert waren. Der Sog der winzigen Wellen dort unten und der weißen Gischt war zu mächtig. Er atmete einige Male kräftig durch und lehnte sich zurück. Dabei nahm er die winzige Gestalt war, die am Fuß der Klippe stand und – *sich in der Wand hochzieht? Ja, es war so, sie kletterte zu ihm hoch.* Der Feldstecher, rasch aus dem Zimmer geholt und vor die Augen gepreßt, bestätigte es.

Zu mir? Absurd. Ich knall ihn ab mit meiner Walther PPK, dachte er. *Wie eine der Möwen. Oder soll ich ihm ein paar von den Felsbrocken draufdonnern, die hier so malerisch in den Pflanztrögen verstreut sind? Blödsinn! Da klettert überhaupt niemand rauf. Ein Produkt deiner überreizten frustrierten Phantasie, Ben Wagner!*

Rasch bückte er sich, zerrte einen der grau gesprenkelten Granitbrocken, etwa so groß wie ein Kinderkopf, aus dem Rosenbottich und schleppte ihn an die Brust gedrückt zur Balustrade. Sein Herz hämmerte. Er ließ den Brocken nicht nur fallen, sondern gab ihm mit der Kraft beider Hände, Arme und Schultern noch ordentlich Schwung. Krachend und splitternd sprang der Stein auf Vorsprünge, flog hinaus Richtung Meer, knallte erneut auf einen Felsgrat, dicht vorbei an der aufstrebenden Gestalt, die drohend eine freie Faust schüttelte und sich dann zielstrebig weiter in die Höhe hangelte.

Mit dem zweiten und dritten Brocken ging es nicht anders. Als Wagner schließlich den letzten von gut zwei Dutzend der schweren Dinger erfolglos über den Rand der Terrasse gewuchtet hatte und die Gestalt schon auf dem höchsten der schmalen waagrechten Felsbänder unterhalb des Felsturmes stand, da raste sein Herz und der Schweiß lief ihm in dicken Tropfen über Gesicht und Rücken und nackte Brust. Die Sonne explodierte rot hinter seinen geschlossenen Augen. In Panik tastete er sich zurück zur Wendeltreppe, kauerte sich dort auf die ersten Stufen im Schatten des Eingangs zu den tiefer gelegenen Räumen, schnappte verzweifelt nach Luft. Nein, da war niemand gewesen. Niemand kam da heraufgeklettert. Der verdammte Joint. Die alte Paranoia. Wer war »t.t.«?

Er kannte niemanden, der so heißen konnte. Und bald war es sieben Uhr. *Zehn Prozent von allem. Ja. Das bin ich. Aber woher weiß er das?* Sein Mund und der Hals waren trocken. Er schwankte die

Treppe hinunter. War noch etwas in der Mailbox? Hatte er das Signal einkommender Nachrichten überhört? In London besorgten Dutzende von Assistenten und Managern dieses Wachhund-Geschäft. Aber hier wollte er keinen von ihnen um sich haben. Alles mußte man selber machen, wenn es wirklich darauf ankam. Ein Knopfdruck verschloß den oberen Turmeingang mit einer Stahltür, sicherte die kleine Terrasse zusätzlich mit Hochspannung, die niemand lebend über die Kupferkontakte der Balustrade klettern lassen würde.

Das alles stammte aus seiner eigenen Produktion. Das Geschäft mit der Sicherheit war in einer Welt zunehmender Kriminalität und des Terrorismus längst weit wichtiger geworden als der Waffen- und Drogenhandel, der das Fundament von Großvaters Vermögen erweitert und ein solides erstes Stockwerk ermöglicht hatte. *Seitdem baue ich an den oberen Etagen,* dachte er. *Bis zum Dach ist es noch weit. The sky is the limit. Aber ich werde es schaffen. Weil ich es so will.*

Vor einigen Jahren hatte er den neuen Trend ausgemacht und beherrschte bald ein wichtiges Segment des rasch expandierenden Marktes. Topmanager. Führende Politiker. Privatleute. Wer immer sich Ben Wagner leisten konnte, leistete ihn sich.

War es Zufall? Oder eine fein abgestimmte Aktion seines Unbewußten? Als er sich gerade auf dem Bett niederlassen wollte, fiel sein Blick auf das kleine silberne Schild, das am unteren Rand der Steuerkonsole für die gesamten elektronischen Sicherheitseinrichtungen angebracht war. Der Name der Firma, seiner Firma, von der all das geliefert und installiert worden war, ehe er persönlich die Codes programmiert und damit dem Ganzen seinen unverwechselbaren Stempel aufgedrückt hatte.

Deutlich sah er die beiden »t«. Und beim genaueren Hinsehen las er, wofür die Abkürzung stand: »titus termeulen security systems, amsterdam«. Ja, das war die Firma, die er vor zwei Jahren gekauft hatte. Eines der wenigen Geschäfte, bei dem er seine Zehn-Prozent-Maxime ignorierte. Er hatte eine Börsenschwäche der tt-Werke ausgenützt und mit einem geschickten Manöver den ganzen Komplex für ein Butterbrot übernommen. Der junge Termeulen, ein ebenso genialer Erfinder wie sein Vater, war mit einem Fluch in seiner Muttersprache aus dem Büro an der Keizers Gracht gestürmt, als er, Wagner, mit seinen Anwälten und Managern in Amsterdam einzog.

Die Keizers Gracht ... ein paar Grachten weiter hatte er viele Jahre zuvor quälende Tage mit Kareen verbracht ...

Die Morgensonne schien bereits durch das Ostfenster des quadratischen Raumes herein. Dem Wecker zufolge war es fast schon Viertel nach sieben. Wagner ging hinunter in die Küche, noch ein Stockwerk tiefer. Er war nun im Flachbau, der eigentlichen Villa, und wollte Kaffeewasser aufsetzen. Als er sich bückte, um im Eisschrank nach Butter und Joghurt zu suchen, sah er aus den Augenwinkeln eine Bewegung. Er fuhr herum. Eine Gestalt saß in dem Sessel, der nur für ihn bestimmt war. Leger hatte sie die Beine übereinandergeschlagen. Ein dunkler, fast schwarzer Mantel hüllte sie ein, und eine Kapuze verbarg nahezu vollständig ihren Kopf. Aus einer Zigarre kräuselte feiner Rauch zur Decke. Wagner haßte Zigarrenrauch. Er wollte wütend losbrüllen. Aber die andere Hand des Fremden hielt einen Revolver, und dessen Mündung zeigte genau auf ihn, Ben Wagner. Auf sein Herz. Wagner zwang sich zur Ruhe.

»Wer sind Sie? Was wollen Sie?«

Jetzt erst wurde ihm bewußt, daß er noch völlig nackt war. Der andere hob langsam die Hand mit der Zigarre zum Kopf. Die Glut glomm hell auf, als hätte ein Windstoß sie entfacht, sprang über auf die Kapuze, entzündete diese zu einem hell lodernden Feuerkranz, der einen Totenschädel mit grinsendem Gesicht entblößte ...

Wagner fuhr mit einem tiefen Stöhnen aus dem Traum hoch. Er kämpfte sich durch die Schleier des Schlafdunkels, zerrte am Laken, das ihn ans Bett fesseln wollte. Ein bleicher Halbmond goß müdes Licht in einer schmalen Bahn auf den Boden des Zimmers und präparierte aus dem chinesischen Teppich rätselhafte Zeichen heraus. Langsam sank er auf die heiße Matratze zurück. Bleiern war alles, seine Arme, seine Beine, sein Kopf. Der ganze Körper war wie von schwerem glühendem Metall, aus dem die Hitze keinen Ausweg fand. Er mußte eines der Fenster öffnen. Aber er fand keine Kraft, aufzustehen. Oh, er kannte dieses Gefühl, nicht hochzukommen. In den letzten Jahren war es seltener geworden. Aber damals, in Amsterdam, in der Pension nahe der Keizers Gracht, als Kareen –

Alarmglocken schrillten. Irgendwo schwang eine mächtige Stahltür in ihren Angeln, gut geölt und doch unüberhörbar. Das mußte das Hauptportal sein. Kam Hella zurück? Oder Georg? Gab es Verbindungen von ihnen zu »t.t.«?

Dann sah er die Visitenkarte liegen, schmal und weiß. Sie dicht an die Augen pressend, im Mondlicht am Fenster, las er: »titus termeulen $ spezialist für sicherheitssysteme.« Von Hand ergänzt, mit rotem Kugelschreiber: »es ist immer sieben $ irgendwo.«

Er erinnerte sich, wie gut der junge Mann Deutsch gesprochen hatte, fast akzentfrei. *Was einem alles so einfällt. Wenn die Zeit reif ist dafür.* Er schlug wild um sich, verletzte sich dabei an den Splittern vom Glaskörper der Nachttischlampe, das Holz des Bettrahmens bremste seine Knöchel. Der Schmerz machte ihn wach genug, schob genügend von dem Blei beiseite, daß er sich hochstemmen konnte. Dann stand er oben, vor der Stahltür zur kleinen West-Terrasse. Sie war offen. Hatte er sie nicht verriegelt? Aber das war jetzt egal. Er stieg mit unsicheren Schritten hinaus auf die kühlen Kacheln. Das Mondlicht war silbern und überall. Ein Nachtvogel schrie.

Nein, noch einmal will ich keine bleierne Zeit. Nein, Angst habe ich keine. Jetzt nicht mehr. Scheiß auf die zehn Prozent, die mir noch zustehen in diesem lächerlichen Spiel.

Ehe die Kraft wieder versackte, nahm er all seinen Mut und seine Verzweiflung und seine ungeheure Wut zusammen. Und warf sich hinaus in die Leere über dem Meer. *Genau zehn mal zehn Meter geht es hier hinunter, ich habe das damals so geplant. Genau zehn mal zehn Meter. Könnte eine Katze das überleben?*

Das leise Lachen aus seinem Korbsessel hörte er nicht mehr.

Conga Joe

Keiner nahm Notiz von ihm, außer mir natürlich. Das hätte verwundern können, weil er dieses große Ding schleppte, lang, hell und rund. Kaum hatte er es vorne bei der kleinen Bühne abgestellt, holte er noch so eine Art Dreibein, an das er das Ding dranhing. Sah aus wie eine – wie nennt man die bloß? Congo oder Tonga?

Ich habe ihn ja zunächst auch völlig übersehen. Wer in »Tommy's Kellerloch« geht, hat es außerdem längst verlernt, sich über irgend etwas zu wundern. Das sind irgendwie alles kaputte Typen, das sieht man doch sofort: wie die da an der Theke lehnen oder an den Zweiertischchen hocken. Meistens allein. Und meistens Männer. Geschäftsleute, Vertreter, Taxifahrer, Handwerker, Beamte. Wohl auch der eine oder andere Lehrer darunter, ein Arzt, ein Apotheker. Vielleicht auch der Polizist, der gerade seine Streife beendet hat.

Ähnlich kaputt die Frauen. Grüne Witwen, die ihre Kinder der Obhut eines geldgierigen Teenagers anvertraut haben, junggebliebene Omas, grell geschminkt, auf der Flucht vor Töchtern, die nach einem nicht geldgierigen Babysitter für verwöhnte Enkel suchen. Friseusen. Die Bedienung aus dem Café nebenan, die ihren freien Tag hat. Oder eine Aushilfsbriefträgerin, die keine Lust mehr hat und eben die restliche Post hinter ein Gebüsch warf ...

Nenne sie, und du wirst sie hier in »Tommy's Kellerloch« finden. Irgendwann. Alle diese Singles, *swinging* oder nicht, freiwillig oder unfreiwillig, *Krypto-Singles* die meisten, wie das ein Schlaumeier von Psychologe einmal genannt hat, also Leute, die eigentlich verheiratet sind, Familie haben, aber im Grunde ihres Herzens Single geblieben sind. So wie ich.

Dann dazu noch die echten, natürlich. Die Singles, die Singles geblieben sind und es auch bleiben wollen. Auf der Suche nach dem »tapferen Schneiderlein« oder der Prinzessin, der sie die verloren gegangene goldene Kugel vor die Füße legen können, um erlöst zu flüstern: »Hier bin ich, nimm mich.«

Habe ich gesagt: kaputte Typen allesamt? Ist doch Quatsch! Alles ganz normale Leute! Stinknormale Bürger wie ich und du! Alle auf der Suche nach der einen Wahrheit. Nach dem lichten Moment, der ihnen endlich zeigt, wo es lang geht im Leben. Na, ist das wirklich so kaputt? Wenn schon jemand kaputt ist hier unten, dann die vier Typen vorne auf dem kleinen Podium, vor der Tanzfläche, am Ende dieses düsteren Kneipenschlauchs.

Hab ich düster gesagt? Emily, die Kellnerin, stellt gerade Kerzen auf die Tischchen. Der nette Junge, ein Student der Ingenieurswissenschaften, würde ich tippen – also, wie der ihr seit Wochen nachläuft, wie er sie verehrt, anbetet, sie fast auffrißt mit seinen schmachtenden Augen, vor allem ihren süßen Hintern, und wie der ihre hochgeschnürten Knackbrüste verschlingt ...

Naja, klingt ein bißchen kannibalisch, oder?

Sonst ist der Studiosus viel zu schüchtern und sucht nur ihr hübsches rosiges Gesicht mit dem bonbonfarbenen Schmollmund, während es meine kaputte Phantasie ist, die das andere sucht.

Okay, okay, ich gebe es zu. *Ich* bin der kaputte Typ hier unten. Ich. Wer sonst.

Rechtsanwalt, Sieger in vier von zehn Fällen. Mein Monatspensum. Manchmal auch in drei von zehn. Oder in zwei. Gerade genug, um mit Familie, also meiner holden Gattin und meiner verfressen-kotzenden Teenagertochter, weiter in der Bungalow-Hölle zu schmoren, in *God's own Grüne-Witwen-Paradise*. Zu wenig, um *keinen* dieser dämlichen Prozesse mehr führen zu müssen. Zu viel, um nur noch einmal nebenbei zu sagen »Ich geh Zigaretten holen« und auf Nimmerwiedersehen zu verschwinden. In eine andere Stadt. In eine andere Kneipe. Und dort einer anderen Kellnerin gierig auf den Hintern starren und auf die – stop, immer hübsch höflich bleiben, auch als kaputter Typ.

Wen haben wir denn noch hier in »Tommy's Kellerloch«? Ach ja! Die Musiker! Sagte ich ja, glaube ich, schon. Jeden Abend spielen sie dieselben sechs Nummern, mit Klavier, Baß und Gitarre. Heute ist doch tatsächlich noch eine Schießbude dabei –

Du weißt nicht, was 'ne Schießbude ist? Das is 'n Schlagzeug, du Nullchecker!

Also, der an den Trommeln, das muß Knut sein, der sich als Norweger ausgibt. Knut, 'n toller Name für'n Schlagzeuger ...

Die Musiker spielen schmalztriefende Barmusik, bei der ihnen selber die Füße einschlafen. Am Abend, nach dem dritten Whisky, den der verzweifelte Tommy spendiert, wachen sie allmählich auf, legen einen Zacken zu. »Schu-bi-du-bi-du«, singt der Gitarrist, muß er auch, um nicht sanft zu entschlummern beim eigenen Schrummschrumm. Klingt gar nicht schlecht, mir wird so richtig weh ums Herz.

Der Pianist läßt bei ein paar Boogie-Phrasen ahnen, wozu er etliche Jahre zuvor noch fähig gewesen ist. Die tanzenden Paare fallen auseinander und kleben sich wieder zusammen, da ändert selbst der epileptische Anfall nichts, in dem der hagere Bassist gelegentlich sein Gerät malträtiert, sodaß man Angst um die brummenden Saiten kriegen muß. Also eigentlich auch keine kaputten Typen. Nur vom Leben und ihrem Job verbrauchte, ganz stinknormale Jungs.

Sackbahnhof. Hier enden die Geleise. Alles aussteigen. Kein Anschluß unter dieser Nummer. Wenn Tommy um eins das Licht ausdreht und droht, mich doch noch in den Hintern zu treten, wenn ich mich nicht endlich auf den Weg mache ...

Aber was geht Sie das an?!

Hey, da kommt aber wirklich mal ein kaputter Typ rein! Oder isses derselbe wie vorhin?

Keiner nimmt Notiz von ihm, obwohl er dieses große Ding anschleppt – hab ich das nich schon mal gesagt? Für den und seinesgleichen hat also Tommy seine Kneipe »Kellerloch« genannt. Das ist wirklich einer, der sich verstecken muß vor der Welt und vermutlich sogar vor sich selber. Kann ja gar nicht anders sein. Schleppt der unterm Arm seine Einkäufe mit in die Kneipe. Sowas läßt man doch ein Stockwerk höher im Wagen liegen. Sowas schleppt man doch nicht die Treppe in diesen Keller runter.

Hey, Moment mal, was is'n das für'n komisches Ding? Schimmert wie helles Holz, vorne was drüber wie bei 'ner Trommel. Ah ja, die Tonga oder Congo ...

Jetzt wanzt der sich bei den Musikern ran, hängt auch das zweite Ding in dieses Dreibein. Der Pianist runzelt die Stirn, Freddy, der Bassist rückt, wie's scheint sehr widerwillig, noch einen halben Meter auf die Seite. Nur Dan, der seine elektrische Gitarre nicht länger malträtiert, sondern sie versunken, fast liebevoll streichelt, was über die Verstärkeranlage hallt und richtig gruslig klingt, der nickt dem Fremden freundlich zu. Sein Lächeln gilt wohl nur der Tatsache, daß hier endlich mal ein neues Gesicht auftaucht.

Habe ich Gesicht gesagt? Der Mann muß mindestens siebzig sein oder älter, so tief haben sich die Spuren des Lebens in seine Haut eingegraben. Nicht einmal meine Großmutter, Gott hab sie selig, war so runzlig, als sie mit sechsundneunzig starb.

Ich kann das Gesicht des Fremden gut sehen, weil mein Tisch mit der Rotweinflasche nahe bei der Tanzfläche steht. Ich habe eine Vorliebe für verschwitzt riechende Mädchenkörper, die beim Tanzen ihr Parfüm verwehen. Macht mich fast rasend, dieser Geruch nach frischem Girlie-Schweiß.

Der neue kaputte Typ stellt jetzt also die beiden Dinger hin, Trommeln offenbar, so hoch wie mein Tisch. Nennt man die nicht Bongos? Oder Congas? Er klopft mit langen dürren Fingern drauf rum, wie um Maß zu nehmen. Lauscht dem Pianisten, der gerade einen himmeltraurigen Blues in die Tasten rührt, aber irgendwie aufmerksamer als bisher. Sogar Freddy mit dem dicken Bauch zupft ein wenig anders an seinem verkratzten Baß 'rum, und Knut huscht ein wenig hektischer als sonst mit seinem Jazzbesen über die Trommeln und die Hihat, das kriegt jetzt ja so richtig Pep, bilde ich mir ein. Die Gitarre vom Dan schweigt immer noch. Der kaputte Typ, der Neuzugang, leckt sich versonnen über die Lippen, peilt den Ultraviolett-Strahler an der Decke an, der einige seiner Zähne in der oberen Reihe als Jakketkronen entlarvt – und einer blitzt doch glatt wie Gold!

Kenn ich von meiner Frau, wenn die sich mal mit mir hierher zum Tanzen verirrt. Hey! Hab ich gerade meine Frau erwähnt, Wendy? Da kommt sie doch glatt zur Tür herein, mit ihrer Freundin Milly. Die beiden haben einen gezwitschert, das sehe ich doch sogar aus dieser Entfernung, an ihrem Gang. Ich seh's an den wiegenden Hüften, so locker vom Hocker. Da kommen noch mehr Leute: zwei Pärchen, sie können gar nicht schnell genug auf die Tanzfläche stürzen.

Was macht dieser Typ mit den Congas? Ich muß was verpaßt haben. Wie lange klopft der schon auf seinen Dingern rum? Gar nicht übel. Der Blues ist längst zu Ende, der Pianist spielt was Schnelles. Einfach so, einen Boogie-Woogie. Als hätte er nie was anderes gespielt. Und sein Gesicht strömt so was Kohlrabenschwarzes aus, wie das von Meade Lux Lewis oder Pete Johnson, die in meiner Jugend die Tanzsäle verrückt gemacht haben. Es juckt richtig in den Füßen! Was die können, kann ich schon lange. Ich winke meiner Frau, und die kommt tatsächlich rüber, dieses verrückte, verschwitzte, nein, dieses verschmitzte Lächeln im Gesicht, mit dem sie mich damals eingefangen hat. Sie meint zwar immer, *ich* hätte damals *ihr* den Kopf verdreht beim Tanzen. Aber das stimmt nicht. Es war dieses Lächeln, ihr süßes Lächeln. Und dann natürlich ihr feiner animalischer Geruch, so nach dem dritten Tanz, vermengt mit dem Duft, den sie sich ganz dezent hinter die Ohrläppchen tupfte, nur für mich – hoffe ich.

Tatsächlich, sie kommt Schritt um Schritt näher, genau im Takt der Congas, halbes Tempo, damit sie nicht über die eigenen Füße stolpert. Sie will doch nicht mit mir … doch, sie will! Wir tanzen! Um mich herum dreht sich die Welt.

Immer mehr Leute stehen auf, die Singles finden sich zu Paaren, jeder Deckel findet seinen Topf, so sagt man doch. Sogar der bulldoggige Tommy hat seinen Wirte-Grimm irgendwo hinter der Theke abgelegt und wiegt den massigen Oberkörper im Rhythmus der Musik.

Der Boogie ist aus, wir haben ihn nur mit halbem Tempo getanzt, aber immer noch schnell genug – was in der alten Maschine alles noch drin steckt, die man so lieblos Körper nennt! Wendy schmiegt sich an mich, verträumt wie ein Teenager, der heute zum ersten Mal ausgeführt wird. Das kann ja heiter werden. Drüben der verkniffene Zahnarzt, den ich hier immer nur alleine saufen sehe, der hat doch weiß Gott mit sich selbst getanzt. Und jetzt macht er sich an Milly ran. Unglaublich!

Er sieht völlig gelöst aus, als hätte er eine schwierige Kiefersanierung beendet. Naja, ich bin bösartig, ich weiß.

Die Tanzfläche füllt sich mehr und mehr. Aber all diese kaputten Typen hier unten? Denen ist nicht über den Weg zu trauen.

Nur weil Conga-Joe – ich nenn ihn jetzt mal einfach so – seine Trommeln schlägt … jetzt geht's schon wieder los, irgendwas Afrikanisches, hört sich jedenfalls so an. Mir soll's recht sein, die alte Maschine hat noch ungeahnte Reserven, da läßt sich noch manches Tänzchen auf's Parkett legen …

Oh, schade, jetzt ist's wohl aus. Der Fremde packt die Dinger unter den Arm und schleppt sie die Treppe hoch, eins nach dem andern. Tonga Conga. Bißchen müde ist er wohl auch, wie wir alle hier unten.

Hey – komm bald wieder, Conga-Joe!

Atlantis in der Tiefe

Helga Börner trat an das Fenster des winzigen Hotelzimmers und schaute hinunter auf das geschäftige Treiben, das sie kurz nach sechs Uhr geweckt hatte. Es war Samstag, und was da unten vor sich ging, war wohl der Aufbau des Wochenmarktes. An Schlafen war jetzt kaum mehr zu denken.
Sie drehte sich um und betrachtete das Zimmer. Das eine Bett war völlig unberührt, die Überdecke akkurat glatt gestrichen. Das andere, in dem sie geschlafen hatte, war entsprechend durcheinander. Fred hatte die halbe Nacht im Lehnstuhl gesessen, ihren Blicken fast völlig verborgen durch die hohe Lehne. Nur das Mondlicht hatte seinen Kopf beschienen und die winzige, haarlose Stelle wie einen kleinen Spiegel leuchten lassen. Sie hatte das seltsame Spiel des Vollmonds auf diesem Stück glänzender Haut lange betrachtet, bis ihr die Augen zugefallen waren.

Es war genau 4.22 Uhr gewesen, wie ihr ein Blick auf die grünen Ziffern des Reiseweckers auf dem Nachttischchen übergenau angegeben hatte. Einen Augenblick lang war sie verwirrt und spürte noch die Stimmung von Angst und Verfolgung, aus der sie schweißnaß am ganzen Körper und mit einem entsetzten Schrei aufgefahren war. Beruhigt sah sie, daß Fred noch immer dort im Lehnstuhl saß und deshalb noch nicht sehr lange geschlafen haben konnte. Das Mondlicht schien noch genauso auf seinen Kopf, nur von einer etwas anderen Stelle am Himmel aus.
Nein! Das war nicht die nackte Stelle auf Freds Schädel, die da glänzte, sondern das polierte Holz der Sessellehne. Aber im Bett lag er auch nicht. Müde schlurfte sie in seinen viel zu großen Pantoffeln über den Flur, an dessen anderem Ende sich die Toilette befand. Als sie zurückkam, sah sie das hell schimmernde Blatt Papier auf dem runden Tischchen mit der scheußlichen Häkeldecke dicht beim Fenster.
Eine Botschaft ...

Fred war wohl spazieren gegangen. Sein Mantel hing jedenfalls nicht mehr über der kleinen ausziehbaren Stange am Kleiderschrank. Sie wollte kein elektrisches Licht machen, um nicht völlig wach zu werden, und trat deshalb dicht ans Fenster. Unten auf der Straße, im Mondschein nur undeutlich zu erkennen, lief jemand mit seltsam metallisch klappernden Schritten über die weite leere Fläche des Marktplatzes und verschwand in einer der beiden einmündenden Gassen. Sie hätte schwören können, daß Fred es war, der da so endgültig ging. So endgültig!

Panik schoß in ihr hoch. Der Traum, der Albtraum von Verfolgung und Terror fremder Menschen, Fred in unendliche Ferne schrumpfend ...

Das Gespräch vom Vorabend unten im Restaurant, nachdem der frische Spargel mit gekochtem Schinken, wunderbar duftenden Schwenkkartoffeln und Sauce Béarnaise gegessen war, seine scheinbar so nebenbei gemachte Bemerkung, er hätte vor einigen Monaten einmal – nein, es hätte nichts weiter zu bedeuten gehabt, eine andere Frau nach diesem Seminar der Industrie- und Handelskammer, nein, es sei nichts weiter gewesen. Er müsse es ihr nur sagen, da sei auch weiter kein Begehren im Spiel gewesen, nur diese eine kurze Nacht, nein, diese andere Frau bedeute ihm nichts und er wisse selber nicht, weshalb er ihr das beichte. Ja, *beichten* hatte Fred gesagt. Sie hatten noch einen Frankenwein getrunken und später noch einen und immer wieder angestoßen, um das zwischen ihnen hochkriechende Schweigen mit Gläserklingen zu füllen.

»Beichte«, hatte er gesagt! Warum konnte er es nicht für sich behalten? Oder hatte sie es längst geahnt, und es war nur an der Zeit, daß er ihre innere Unruhe endlich mit einem äußeren Anlaß koppelte, wie um es mit einem Stempel zu versehen gewissermaßen, mit einem Siegel. Dem Siegel der gebrochenen Verschwiegenheit. Nach neun Jahren!

»Ich mache nach Atlantis« stand auf dem mondgelb schimmernden Blatt in derselben schwarzen Tinte, mit der er sonst seine Notizen zu machen pflegte. Atlantis. Der Narr! All die neun Jahre hatte er immer wieder davon gesprochen, von dieser Narretei. Atlantis ... so hieß keine Frau. Aber wenn er nun doch nichts Ernstes angefangen hatte mit jener? Wenn dieses Atlantis, diese Narretei, ihn mehr besessen hatte, als zu sehen gewesen war an seiner glatten freundlichen Oberfläche, die sie einst geliebt und für Souveränität gehalten hatte. Und hinter der nach diesen neun Jahren nur Fremdheit war, Distanz, Unerreichbarkeit. Atlantis! Ein Tausende von Metern unter dem Meeresspiegel versunkener Kontinent. Narretei! Was wollte er dort? Was fand er nicht bei ihr – nicht mehr?

Inzwischen war die Dämmerung an den Dächern der Häuser hochgekrochen, hatte den Platz mit dem Kopfsteinpflaster erst mit tintigem Blau, dann mit helleren Schattierungen gefärbt. Zwei Straßenkehrer in roten Signalanzügen waren, ihre Besen gleichmäßig hin- und herschwenkend, unten vorbeigeschlendert, hatten leise türkisch geredet, gelacht, der eine mit heller Kastratenstimme. Eine alte Frau war schwarz gewandet zur Kirche auf dem anschließenden Platz gehuscht, einen ebenso kohlenschwarzen Häkelschal um Kopf und Schultern gelegt, gegen die feuchte Morgenkälte.

Wo war Atlantis? Helga Börner spürte, daß ihr ganzer Körper wie aus Eis war, eine Kälte, die nicht nur von außen kam, sondern aus Tiefen in ihr.

Sie würde sich anziehen, sie würde zuvor heiß duschen, sie würde frühstücken und dann packen, sie würde zahlen und dann gleich gehen und das Gepäck zurücklassen.

Sie würde einen Zettel schreiben. Sie würde nicht duschen, sie würde nicht frühstücken, sie würde auf die Rückseite seines Zettels mit seinem Stift, der noch immer daneben lag, mit derselben nachtschwarzen Tinte schreiben: »Ich folge nach Atlantis.«

Doch wo war Atlantis? Sein Atlantis – ihr Atlantis?

Nein, auch nach neun Jahren gab es kein Atlantis für sie. Er wußte das, und sie wußte es jetzt auch. Sie drehte sich um und betrachtete das Zimmer noch einmal. Das eine Bett war völlig unberührt. Etwa fünf Meter waren es bis hinunter auf das Kopfsteinpflaster. Die Überdecke war akkurat glatt gestrichen, das Pflaster hart und kein Hindernis für jemanden, der nach Atlantis tauchte. Das Fenster ließ sich leicht öffnen. Fast lautlos schwangen die beiden Flügel auf, Lärm von Menschen drang herein, Morgenlärm, Marktlärm, fern, wie von einer fremden Insel. Kopf oder Zahl? Atlantis?

Nein, nun nicht mehr. Nun erst recht nicht mehr.

»Mach doch bitte das Fenster zu«, sagte seine Stimme von der Tür her. Seine Stimme.

Aber es war zu spät. Fünf Meter zu spät.

Das Geheimnis
des Frater Anselmus

Frater Anselmus packte sorgfältig das Schächtelchen ein, vergrub es tief unten in seinem bescheidenen Gepäck. Viele Jahre hatte er damit verbracht, das zu erarbeiten, was sich nun als Früchte seiner Versuche dort in diesem Schächtelchen befand. Er war Biologe und medizinisch vorgebildet. Er würde zunächst dem heimatlichen Kloster und seiner Bibliothek einen Besuch abstatten, dann um den Segen des Abtes bitten und weiterziehen. Es gab noch gut fünfzig andere Klöster, die auf seinen Besuch warteten. Dann die öffentlichen Bibliotheken überall, die Buchhandlungen, die Bibliotheken in den Schulen und anderswo. Er seufzte. Viel Arbeit wartete auf ihn. Aber wenn er nur genügend betete und arbeitete, ganz im Sinne und Auftrag des Heiligen Benediktus, dann würde alles gut gehen.

Und wer weiß, vielleicht würde er noch jemanden finden, einen jungen Mitbruder im Herrn oder einen eifrigen Novizen. Bedächtig packte er seine restlichen Sachen in die zweite Tasche und schließlich das einzige Buch obenauf, das Evangelium des Herrn, das Neue Testament, in lateinischer und deutscher Sprache. Dann zog er den einzigen Stuhl im Zimmer vor das Fenster, setzte sich erschöpft vom Packen und Abschiednehmen nieder und schaute hinaus in die Abenddämmerung.

Zwischendurch schloß er die Augen, seine Lider sanken schwer wie von allein nieder, und die Erinnerungen trieben wie in hellbraunen und grauen Tönen gemalte Fresken an ihm vorüber.

Er war lange Jahre sehr krank gewesen, er hatte schlimme Zeiten in jener Klinik hinter den Bergen im flachen Land zugebracht, in der er sich jetzt noch den letzten Tag befand.

Oft hatte er sehnsüchtig von seinem Zimmer mit den vergitterten Fenstern hinübergeschaut, wo er bei gutem Wetter – zumal bei Föhn – die weißschimmernden Spitzen der Gipfel ahnen konnte. Dort befand sich sein wahres Zuhause.

Man hatte immer wieder neue Medikamente an ihm ausprobiert, und das letzte hatte schließlich die Heilung gebracht. Das dachten jedenfalls die Ärzte und Pfleger. Vor allem der weißhaarige Professor Gutmuths, mit dem er im Laufe der Jahre mehr und mehr vertraut geworden war. Niemand befand sich so lange in der Klinik wie sie beide. Die Patienten waren gekommen und gegangen, das Pflegepersonal hatte gewechselt, die Ärzteschaft, die jungen Studiosi, das Verwaltungspersonal, die Kochmannschaft, die Putzfrauen. Ein ständiges Kommen und Gehen. Nur sie beide waren immer da gewesen. Vom ersten Tag der Klinik an. Sie hatten schon die Einweihung durch den Bischof der Provinz erlebt, nebeneinander in der kleinen Kapelle sitzend.

Professor Gutmuths war es auch, der ihn, Frater Anselmus, nun bis zur Pforte begleitete und ihm zum Abschied die Hand schüttelte. Hatte er nicht auch eine Träne im Augenwinkel? Anselmus glaubte dies wahrzunehmen, während er sich mit dem Ärmel seiner schwarzen Benediktinerkutte rasch selbst über das Gesicht wischte und die Krempe seines flachen Reisehuts ein wenig tiefer über die Augen zog. Er hätte auch in Zivilkleidung reisen können, seit der Lockerung der Ordensregeln nach dem Konzil war das erlaubt. Aber Frater Anselmus war einer »vom alten Schlag«, wie er immer wieder betonte, und pflegte häufig in seinem unverwechselbaren Ultener Dialekt zu sagen: »I bin so, wie der Herrgott mich g'schaffen hat, so wie mich gibt's kan zweiten.«

Dazu gehörte auch das Geheimnis, von dem nur er und der Professor wußten – und der Abt Bruno vom Kloster Marienberg. Dieses Geheimnis hatte den Frater einst in die Klinik gebracht und zwar auf folgende Weise:

Eines frühen Abends hatte der Pater Prior beim Meditieren im Kreuzgang einen eigenartigen, brandigen Geruch wahrgenommen, war ihm nachgegangen, die enge hölzerne Wendeltreppe zur Bibliothek mit ihren Bücherschätzen aus fünfzehn Jahrhunderten hinauf und hatte das Feuerchen züngeln sehen, das Frater Anselmus gerade mit neuen Folianten schüren wollte. Zum Glück hatte er welche erwischt, die schon recht modrig waren und sich den Flammen inmitten des Studierzimmers mit den theologischen Werken nur widerstrebend unterwarfen.

»Was machst denn da?«, hatte der Pater Prior entsetzt gerufen, hatte den fasziniert in die auflodernde Glut starrenden Frater Anselmus beiseite gestoßen, war mit seinen festen, breiten schwarzen Lederschuhen aufs prasselnde Feuerchen gesprungen, hatte es ausgetreten. Hatte dann, als wirklich keine Funken mehr glommen, das mittlere Fenster zum Kräutergarten hin aufgerissen, um den erstickenden Qualm abziehen zu lassen, wobei das Öffnen der Türen bis hinaus zum Kreuzgang und zum Innenhof half. Inzwischen waren auf sein Rufen einige der Patres und Fratres erschienen, hatten den weinenden Anselmus in ihre Mitte genommen und zum Abt geführt.

»Jetzt bischt aber zu weit 'gangen«, hatte dieser nur gesagt und tadelnd seinen Kopf geschüttelt, während er die anderen aus dem Studierzimmer hinauskomplimentierte, wo er gerade einen Gast bewirtet und zum Glück schon verabschiedet hatte. Frater Anselmus stammelte etwas von »denen verderbten Büchern«, und der Abt wußte, woran er war. Das Geheimnis! Der Traum, den Frater Anselmus ihm eines Morgens, es war schon eine Weile her, nach dem Chorgebet in der Krypta mit zitternder Stimme berichtet hatte. Der Herr sei ihm im Traum erschienen, ja, wirklich, der Herr Jesus Christus, denn wer sonst könnte denn auf dem Wasser wandeln. »Der Herr hat mich bei der Hand g'nommen«, hatte Anselmus atemlos erzählt, »und mich mit über's Wasser zum ander'n Ufer g'führt, wo ich g'sund anglangt bin und net amol mei Kleid is' naß worden.«

»So, so«, hatte der Abt gebrummt, »unser Herr Jesus Christus hat dich im Traum über das Wasser geführt, wie schön.«

»Ja, aber da war noch was, da war noch was!« Das Zittern in Anselmus' Stimme wurde noch stärker.

»Was war denn noch?«, fragte der Abt geduldig.

Er hatte sich schon seit langem Sorgen um Anselmus gemacht und geahnt, daß da irgendwann etwas auf ihn zukommen würde.

»Da war was im Meer, über das wir g'wandelt sind, a Strud'l – riesengroß is der g'wen, gut hundert Schritt im Durchmesser. Rechter Hand war der Strudel, und in ihm hat sich was dreht – wie a große Eisscholle oder wie a Platte aus Metall, ja mehr was aus Metall war des.« Frater Anselmus versagte die Stimme.

Der Abt legte begütigend die Rechte auf den Oberarm des Fraters. »Was war denn so schrecklich mit dem Strudel«, fragte er mit ruhiger Stimme nach. Daß der Anselmus sich nun bemühte, Hochdeutsch zu reden, war doppelt besorgniserregend.

»Der Herr hat mich ja sicher an dem Strudel vorbeigeführt, Angst brauchte ich also keine zu haben, aber ich spürte, daß dort, wo der Strudel war, also rechts von mir ...«

»Nun, was war denn dort?«

»Dort war der Eingang zur Hölle.«

Bleich und fast tonlos hatte Anselmus die Worte von sich gegeben. Danach hatte er sich auf Anraten des Abtes ein paar Tage ins Bett gelegt, hatte brav die Tees des kräuterkundigen Pater Martinus getrunken und war zunehmend ruhiger geworden. Aber seine frühere Heiterkeit, die allen im Kloster so gut getan hatte, die war von nun an verschwunden. Stattdessen war etwas Unstetes in seinen Blick getreten, etwas Flackerndes, und seine Bewegungen waren fahrig geworden.

Einige Wochen nachdem er dem Abt seinen seltsamen Traum erzählt hatte, da war der Frater Gärtner zufällig Zeuge geworden, wie der Anselmus einige Gegenstände in die Mülltonne warf. Neugierig hatte er später nachgeschaut und einige der wertvollsten handgeschriebenen Texte aus der theologischen Bibliothek gerettet. Dann hatte man hinter dem Komposthaufen ein Buch gefunden, einen Band der »Gesammelten Werke« des Augustinus, schon ganz feucht und mit braun angesengten, aufgewölbten Rändern. Vom Abt zur Rede gestellt, hatte Frater Anselmus sofort die Tat gestanden und den Abt weinend zu fünf weiteren Stellen im Klosterarenal und außerhalb geführt, wo er Bücher derselben Art vergraben hatte.

»Der Herr hat's mir im Traum befohlen«, hatte er gestammelt, und auf weiteres geduldiges Befragen war das ganze Elend des Frater Anselmus und der ganzen Welt offenbar geworden.

»Dort, in jenem schrecklichen Strudel«, sagte er, »wo sich die Pforten der Hölle auftun, da lauert die Lüge. Aber der Herr hat mir gesagt, wenn ich all diese Lügen, die in diesen Büchern geschrieben sind, vernichte und nur das eine wahre Buch übrig bleibt, das Evangelium des Herrn, dann wird die Welt gerettet, und die Pforten der Hölle schließen sich wieder.«

Der Abt hatte tief geseufzt, als er die schreckliche Verwirrung des Anselmus in ihrer Tragweite allmählich begriff und erkannte, welche Bedrohung davon nicht nur für die Bibliothek ausging, sondern für das ganze Kloster. Aber er hatte es noch einmal im Guten und mit Zureden und mit gemeinsamen Gebeten und besonderen

Messen für den zunehmend verwirrten Anselmus versucht. Doch es half alles nichts. Als dann schließlich das mit dem Feuer in der Bibliothek geschah, das der Pater Prior gewittert und gerade noch rechtzeitig ausgetreten hatte, da war nichts anderes mehr zu machen gewesen für den armen Mann: Sie hatten ihn schweren Herzens in die Klinik auf der anderen Seite des Berges im flachen Land gebracht.

Doch nun sei er von seiner schweren Obsession geheilt, hatte der Herr Professor ihm gesagt und ihm noch lange nachgewunken. Der VW-Bus der Klinik hatte Anselmus zur Haltestelle gebracht, wo der Fahrer freundlich lächelnd wartete, bis der Frater in den Überlandbus gestiegen war, der ihn fast bis vor das Kloster auf der anderen Seite des Passes brachte.

Anselmus war ein wenig eingenickt von der eintönigen Schaukelei des Busses und dem Motorengedröhn. Seine Gedanken waren immer wieder zu den lieben »Viecherln« gewandert, wie er sie gerne bei sich nannte. Den lieben Viecherln, die sich – in einer kleinen Schachtel verstaut – in einer der beiden Reisetaschen befanden, die neben ihm standen, sein bescheidenes Gepäck darstellten und dem Kloster gehörten, mit allem, was darin war. Nur die kleine dunkelbraune Schachtel aus bemaltem Spanholz war sein persönlicher Besitz. Und die lieben Viecherl. Die würden das Problem lösen, wie er es nannte, dieses Problem, das sein eigentliches Geheimnis war, von dem der Professor nie etwas erfahren hatte und von dem nicht einmal der Abt Bruno alles wußte. Nein, dieses Geheimnis teilte er nur mit dem Herrn.

Frater Anselmus schickte den Viecherln noch einen lieben Gruß. Fast fünfzehn Jahre hatte er mit ihrer Züchtung verbracht und dabei alle seine Künste als Biologe und Bruder Medicus eingesetzt. Auch hatte er stets die guten Ratschläge befolgt, die der Herr ihm in seinen Träumen immer wieder sandte, wenn er ihn an der Hand übers Meer führte, vorbei an diesem metallisch grauen, sich drehenden … Frater Anselmus schauderte.

»Burgeis«, rief der Busfahrer und wollte gerade weiterfahren, als der Mönch aufsprang, seine Taschen packte und im letzten Moment ausstieg. Draußen warteten schon zwei Mitbrüder von Marienberg und wollten ihm das Gepäck abnehmen. Aber Anselmus wehrte sanft ab und gab nur zögernd und nach den dringende Bitten der anderen eine der beiden schweren Taschen ab. Die zweite trug er mit bestimmter Gebärde selber. Im Kloster warteten schon alle im Speisesaal mit einem Mahl auf ihn, das der Bruder Koch (der gar kein echter Frater war) speziell für ihn, den »verlorenen Sohn«, zubereitet hatte.

Voller Freude erkannte Anselmus die Gesichter wieder und die hellbraune Kassettendecke und das Porzellangeschirr und die kleinen Gläser für den Rotwein, von dem er freilich auf Anraten des Arztes nur eines leerte. In der Nacht schlief er tief und fest, bis ihn eine halbe Stunde vor dem Klopfen des zuständigen Bruders sein kleiner Reisewecker aus einem Traum riß, der jedoch sofort verblaßte. Hastig zog er sich an, nahm vorsichtig das kleine Schächtelchen aus der Reisetasche (alles andere hatte er längst ausgepackt) und schlich leise aus seiner Zelle hinunter in die Bibliothek.

Er brauchte kein Licht dazu. Die Wendeltreppe führte ihn sicher hinab, das kannte er. Dann waren es nur noch ein paar Schritte, die er sich an der Wand entlangtastete, in den vordersten Raum der Bibliothek mit den theologischen Werken, dem günstigsten Ort für das Heilige Werk im Namen des Herrn. Anselmus betete rasch ein Vaterunser, und zum besseren Gelingen noch ein Gebenedeitseist-du-Maria hinterher. Dann hob er kurz das Schächtelchen ans Ohr und vernahm beruhigt das leise Knistern der winzigen Zangen und Kiefer. Er öffnete den Deckel, auf dem ein sich drehender Wasserstrudel von seiner eigenen Hand aufgemalt war.

»Gelobt sei Jesus Christus, in alle Ewigkeit, Amen«, murmelte er.

Dann setzte er den Bücherkäfer auf die oberste Reihe des Regals, gleich bei der Tür. Es war eines der Weibchen, wie er wußte. Es würde Eier legen, viele Eier, und alles Weitere würde die Gnade des Herrn besorgen. Gleich heute würde er weiterziehen. Er würde es dem Abt schon beibringen. Es gab noch so viele Bibliotheken und Teufelszeug, das der Herr ihm zu vernichten aufgetragen hatte. Fast hätte er ein fröhliches Lied gepfiffen, als er die Wendeltreppe wieder hinabstieg. Diesmal würde ihn kein Pater Prior und kein Abt mehr daran hindern, die Pforten der Hölle für immer zu versiegeln. Ehe sie des Werkzeugs des Herrn gewahr würden, dieses wunderbaren Knisterns und Knackens, da wäre seine Züchtung längst mit dem »Heiligen Werk« so weit, daß nichts je mehr Einhalt gebieten konnte.

Blues für Fagott und zersägte Jungfrau

Als ich allmählich stöhnend zu mir kam, fühlte sich mein Körper äußerst seltsam an. Ungefähr so, als stünde ich nicht nur mit den Füßen auf den Boden, sondern stützte mich dort auch mit den Händen ab. Ich war gewissermaßen auf allen Vieren. Meine Hände waren wie zu Fäusten geballt – aber doch auch anders – irgendwie *fester*.

Ich spürte stürmisches, bockiges Leben in mir. Meine Hände und Füße waren wie mit einer Art dicker Schnur gefesselt und ich war umhüllt von etwas Warmem, Weichem. So fühlte es sich jedenfalls an. Irgendwie zusammengebunden waren Hände und Füße, ganz fest beieinander.

Und das Weiche? Ein Tierfell vermutlich, schoß es mir durch den Sinn. Ein Tier? Ich mußte auf einem Tier sitzen, einem Pferd oder einem Kamel. Aber wie zum Teufel kam ich, der ich in meinem Leben noch nie geritten war, auf ein Pferd oder ein Kamel? Sehen konnte ich nichts. Meine Augen waren verbunden. Sie waren so fest verbunden, der halbe Kopf war so eingewickelt, daß ich trotz aller Anstrengungen nicht einmal wahrnehmen konnte, ob Tag oder Nacht war. Was meldeten meine Ohren? War ich auf einem Reittier? Aber wenn ich auf einem Reittier saß, mußte doch etwas zu hören sein, ein Schnaufen, ein Scharren von Hufen. Warum wußte ich nicht, was mit mir geschehen war? Wie war ich in diese mißliche Lage gekommen?

Heh, wollte ich rufen, heh, was ist los? Aber es ging nicht. Kein Laut kam aus meiner Kehle. War ich heiser? Hatte ich die Stimme verloren? Verbunden hatte man mir den Mund nicht. Da steckte kein Knebel zwischen meinen Zähnen. Was war mit meinen Beinen, meinen Füßen?

Oh, mein Schädel! Ich mußte bei meinem Bemühen, mich zu orientieren, eine etwas heftige Bewegung gemacht haben, denn hundert Nadeln stachen in meinen Kopf, ach, was sage ich: Tausende von langen spitzen Eisennägeln wurden mit heftigen, donnernden

Hammerschlägen in mein armes Gehirn getrieben, worauf es leise gluckernd auslief.

Ein Stöhnen entrang sich meinem Mund. Endlich, dachte ich, endlich eine Äußerung von Leben. Ich mußte wohl am Vorabend einiges über den Durst getrunken haben. Doch warum wollte sich keinerlei Erinnerung einstellen?

Halt, war da nicht ein Rascheln irgendwo, eine schleifende Bewegung, ein Tuscheln? Verhaltenes Geflüster? Hämisches Kichern gar, das sich zu einem schaurigen Gelächter über meine arme Gestalt entladen würde? Dann war da plötzlich ein Bild. Eine Erinnerung. Nur undeutlich zuerst, doch dann zunehmend klarer. Ein Gesicht – ein männliches Gesicht. Ein Mann in der Mitte seines Lebens, mit einem schwarzen Bart um das Kinn und auf der Oberlippe, tiefschwarz mit ersten grauen Altersfäden.

Einer der Kaufleute vielleicht? *Kaufleute*. Was für ein Wort? Wer kauft denn schon Leute? Sklavenhändler vielleicht? Was hatte ich mit Kaufleuten zu schaffen oder mit Sklavenhändlern?

Aber dieses Gesicht? Diese stechenden, dunklen Augen, glühend wie verglimmende Kohlen, ein Feuer in ihnen. Ein unheimliches, ein böses Feuer. Darüber der vielfach geschlungene blaue Turban. Der Zauberer, durchfuhr es mich. Der Zauberer, die Wette!

Welche Wette? Verdammt – Allah verzeih mir diesen Fluch in meiner Not. Was für eine Wette in Dreiteufelsnamen? Oh, mein Gott, wie komme ich denn dazu, den Namen Allahs, des Großen, des Allmächtigen zu gebrauchen, den heiligen Namen des Allerbarmers, gelobt sei Jesus Christus, gebenedeit seist Du unter den Weibern, Jungfrau Maria –

So ein Blödsinn! Ein Atheist betet nicht, schon gar nicht zu Allah oder zur Heiligen Jungfrau.

Steh' mir bei, Heilige Jungfrau, steh mir bei!

Oh, nein! Die Erinnerungen stellten sich ein: Die Wette, der Zirkus in dieser orientalischen Stadt am Meer, in der wir unseren Urlaub verbrachten –

Der Zauberer, mein Unglauben, diese miesen Tricks, die ich sofort durchschaute –

Blues für Fagott und zersägte Jungfrau, hatten sie das wirklich gespielt, die Zirkusmusiker in diesen bunten Kostümen mit ihren schrecklich verstimmten Instrumenten?

Meine Seele würde ich verwetten, daß er nicht richtig zaubern könne, sondern nur billige Taschenspielertricks anwende. Hatte ich das wirklich zu ihm gesagt?

»Ich könnte dich in ein Kamel verwandeln, wenn ich wollte« – hatte das der Zauberer gesagt? Und dann diese gierigen Blicke von ihm, die neben mich gerichtet waren – auf wen? Oh, nein. Ich wußte es, ich wußte es. Natürlich wußte ich, wer da neben mir gestanden und furchtsam an meinem Ärmel gezupft und gezerrt und gefleht hatte. Was sagte sie? Was wimmerte Laura in mein rechtes Ohr?

Sagte sie nicht: »Bitte laß uns gehen, dieser Mensch ist mir unheimlich. Du bist so besoffen, daß du deine eigene Frau verwetten würdest, wenn dich der Teufel reitet.«

»Nun, steht die Wette?«

Hatte der Mann mit dem Bart, dem Turban, den unheimlichen Augen und diesem seltsamen Geruch das gesagt? Dieser seltsame Geruch, wie Schwefel ...

Und hatte ich nicht eifrig gekräht: »Na klar gilt die Wette. Wenn du wirklich zaubern kannst, sollst du sie haben.«

»Und in was soll ich dich verzaubern?«

Oh nein, oh nein, nicht die Wahrheit, nicht der Wahrheit ins Auge schauen, nicht daran denken, daß es Wahrheit sein könnte ...

Das Gemälde neben dem Zirkuseingang fiel mir wieder ein, der orientalische Jahrmarkt mit Schlangenbeschwörern und Seiltänzern und Jongleuren, der verschmolz mit dem Bild des Esels daneben. Und dann die Stimme von mir, diese Stimme, die schon ganz lallend war von dem vielen Bier, das ich vor der Vorstellung und in der Pause in mein großes Maul hineingeschüttet hatte und nach der Vorstellung sowieso, weil ich so durstig war von der Sommerhitze und dem ganzen Bazaar- und Zirkusgedöns: »Wenn du wirklich zaubern kannst, dann verwandle mich in den dort«, rief ich und zeigte auf den Esel, der auf die Leinwand des Zelts gemalt war.

»Und die da«, fuhr ich fort und zeigte dabei auf das Weib neben mir, »die kannst du von mir aus dafür haben, wenn du das Kunstwerk vollbringst.« Und ich lachte laut dazu.

Oh, mein armer Kopf! Irgendwo spielte ein Instrument eine wehklagende Melodie, ein Fagott vielleicht oder eine Oboe, eine Shenai? Was spielte dieser Mann bloß, als er die Schlangen im Korb beschwor? Den *Blues* vielleicht, *für die zersägte Jungfrau*? Die Bilder wirbelten durcheinander in meinem Kopf.

Von einem Minarett in der Nähe tönte die Stimme des Muezzins.

»Ia«, wollte ich sagen, aber es wurde ein Schrei daraus. Jemand nahm mir die Binde ab, ich blickte mich um, regte meine Vorderbeine, scharrte mit den Hinterhufen. »Ia«, rief ich und sah wieder die Hand, die nach der Frau neben mir faßte. Die Ärmste, sie griff in stummem Entsetzen nach mir und konnte mich nicht mehr greifen! Jetzt erkannte ich sie endlich – das war ja Laura, meine Laura!

Ich hörte wieder die höhnische Stimme, die aus der Öffnung zwischen Kinnbart und Schnurrbart drang: »Das hast du nun – von deiner Freigebigkeit.«

Was sollte das denn – Freigiebigkeit – ich und Freigiebigkeit – Aber ich sehe schon – ich bin nicht der einzige Esel, der auf unseren neuen Herrn hereingefallen ist ...

»Ia«, tönt es neben mir.

»Ia.« Das ganze Zelt ist voll von Idioten wie mir.

»Ia.«

Hoffentlich zersägt dieser Schuft wirklich nur Jungfrauen – und nicht meine einzig geliebte Laura ...

»Ia.«

Tiefschürfende Geschichte vom Sinn des Lebens

Zufällig kamen eines Tages eine Ameise, ein Mensch und ein Stern mit neun Planeten auf dieselbe Idee. Sie fragten sich, ohne voneinander zu wissen: »Was ist eigentlich der Sinn meines Lebens?«

Sie machten sich auf den Weg, um den zu finden und zu befragen, der es am besten wissen mußte: ihren Schöpfer. Als sie ihn gefunden hatten, stellten sie also ihre Frage: »Oh, Schöpfer, was ist der Sinn meines Lebens?«

»Das würde ich auch gerne wissen«, war die Antwort.

Da krabbelte die Ameise von dem Menschen herunter zurück ins Gras und fraß von einem Brotkrümel, den sie auf der Hose des Menschen gefunden hatte. Hm, schmeckte das lecker, so würzignahrhaft, sie würde ihren Brüdern und Schwester mitteilen, daß da noch mehr zu holen sei für einen wahren Festschmaus.

Der Mensch aber legte sich behaglich ins Licht der Sonne mit den neun Planeten und dachte: Das ist alles nur ein Traum.

Und die Sonne – die schien einfach weiter so vor sich hin, wie sie es schon seit Jahrmillionen tat.

Der Zufall jedoch wollte es allerdings anders – aber das ist eine andere Geschichte. Die möchte ich jetzt nicht auch noch erzählen.

Wäre sinnlos.

Der Mann von der Lottozentrale

Andreas Sander wurde so selten besucht, daß er die Türglocke zunächst gar nicht registrierte. Außerdem war er schwerhörig. Aber es läutete immer wieder. So stellte er endlich den überlaut dröhnenden Fernseher auf leise, ging zur Tür seines Ein-Zimmer-Appartements und öffnete einen Spalt breit, nicht ohne vorher überprüft zu haben, ob die Sicherheitskette eingehängt war. Im Halbdunkel des langen Ganges stand ein Mann mittleren Alters. Der Briefträger war es nicht – der erschien in Neuperlach selten vor Mittag, und jetzt war es erst zehn Uhr.
»Was wollen Sie?«, fragte Sander mürrisch. Er ließ sich nicht gerne beim Fernsehen stören. Das könnte ihn nur aus dem gewohnten Tagesablauf bringen. Er könnte Lust auf ein Bier bekommen und in die kleine Pilsbar schräg gegenüber gehen, auf der anderen Seite des Karl-Marx-Rings. Und wie das enden würde, das wußte er nur zu gut.
»Sind Sie der Herr Sander – Andreas Sander?«
»Ja, warum?«
»Darf ich reinkommen?«
»Warum?«
»Ich komme von der Lottozentrale. Sie spielen doch Lotto, oder?«
»Warum?«
»Naja, wenn Sie spielen, dann rechnen Sie doch sicher auch mit einem Gewinn. Oder?«
»Na, i net!«
»Aber, warum spielen Sie dann überhaupt erst?«
»Weil i gar net spui.«
»Aber ...«
»Nix aber! Und jetzt mecht i mei Rua ham und wieder fernseng. Sunst gäh i doch bloß wieda –«
»Sonst was?«
Sander biß sich im letzten Augenblick auf die Unterlippe, ver-

schloß fest seinen Mund, damit die Wahrheit nicht hervorbrach. »Lassen S' ma mei Ruah. Und verschwinden S' endli.« Er drückte die Tür zu.

»Einen Augenblick, bitte. Ich habe Ihnen etwas mitgebracht.«

Den Kopf schon halb wieder dem Fernseher zugewandt, sah Andreas Sander etwas durch den vielleicht noch einen Zentimeter breiten Türspalt, etwas, das aussah wie – er hielt inne, schloß einen Moment die Augen. Wann hatte er das letzte Mal so etwas gesehen? Einen großen Geldschein, einen wirklich großen. Das war lange her. Früher hatte er jeden Tag einige, manchmal sogar richtig viele der damals braunen, heute magentafarbenen Banknoten in der Hand gehabt. Dann war dieser Bankräuber gekommen und hatte ihn niedergeschossen, weil er einen Augenblick zu lange gezögert hatte, die Kasse in die über den Tresen geschobene Plastiktüte zu leeren. Das war unendlich lange her. Das war zu einer Zeit gewesen, als man die Kassenräume noch nicht mit Panzerglas abgeschirmt hatte, mehr als zwanzig Jahre. Als er ein Jahr später aus dem Koma erwacht und noch ein Jahr später aus dem Krankenhaus und der Rehabilitation gekommen war – oder waren es drei Jahre gewesen …

»Was wollen Sie von mir?«, fragte Sander müde, während er die Tür wieder Zentimeter um Zentimeter aufzog, bis die Kette angespannt klirrte.

»Hier, das ist für Sie. Das haben Sie in der letzten Ziehung gewonnen. Darf ich reinkommen?«

Aber ich hab doch gar nicht gespielt letzte Woche, wollte Andreas Sander sagen. Doch aus irgendeinem ihm verborgen bleibenden Grund sagte er es nicht. Die alte Narbe an der rechten Schläfe, wo der Schuß damals eingedrungen war, pochte wieder. Oder bildete er sich das nur ein?

»Zehntausend Euro für Sie, Herr Sander. Sie müssen nur hier unterschreiben.«

»Moment bitte«, sagte er mit brüchiger Stimme. Er schob die Tür zu, zog die Sicherheitskette aus der Laufrinne und ließ den Fremden ein.

»Nur eine Formalität,« sagte dieser. Er zählte zwanzig magentafarbe Banknoten in Andreas Sanders zitternde Hände, hielt ihm dann einen großen, rechteckigen Block hin, auf dem schon lange Reihen mit Namen, Adressen und Zahlen sowie in der ganz rechten Spalte je eine Unterschrift standen.

»Hier, bitte, ganz unten,« sagte der Fremde, schraubte einen Füllfederhalter auf und hielt Andreas Sander auch diesen hin. »Wenn Sie bitte dort unterzeichnen würden.«

Die Feder glänzte golden, und als Sander den Schriftzug las, wußte er, von alten Erinnerungen bedrängt, plötzlich, daß dieses Schreibwerkzeug mindestens tausend Euro gekostet haben mußte.

»Ein schöner Füller,« sagte er anerkennend. »So einen hab ich auch einmal gehabt, damals, als ich …« Er unterbrach sich wieder, preßte die oberen Schneidezähne fest auf die Unterlippe. Was ging es diesen Fremden an, daß er früher einmal wertvolle Dinge gesammelt und eine Familie gehabt und – er schüttelte kurz den Kopf, als wollte er sich zur Ordnung rufen. »Darf ich Ihnen etwas anbieten? Einen Tee? Ich hab vorhin eine ganze Kanne gemacht, frisch aufgebrüht, ein Darjeeling.«

»Oh, gerne! Ich will Sie aber nicht lange aufhalten, wenn Sie gerade …«

»Oh, nein, ich habe nichts besonderes vor. Schau nur fern.« Sander machte rasch die paar Schritte quer durchs Zimmer und drehte den Apparat ganz aus. »Bitte, nehmen Sie doch Platz.«

Mit einer verlegenen Geste nahm er die abgeschabte Lederweste von der Lehne des zweiten Sessels, der auch schon seine beste Zeit hinter sich hatte.

»Bitte!«, wiederholte er. »Sie müssen entschuldigen, daß ich auf das Läuten vorhin erst so spät reagiert habe. Sie haben sicher lange klingeln müssen. Aber ich höre so schlecht und drehe deshalb die Lautstärke oft ein wenig zu laut auf. Tagsüber stört das hier niemanden. Ich hab mich extra erkundigt. Tagsüber bin ich hier fast allein im Häuserblock.«

Er wurde sich der Tatsache bewußt, daß er plötzlich Hochdeutsch sprach, wie früher, damals – daß er den Schutz des Dialekts aufgegeben hatte, den man in diesem Viertel so dringend benötigte, um nur ja nicht aufzufallen, um dazuzugehören drüben in der Pilskneipe …

»Ham S' kei Hörgerät?« Der Fremde setzte sich. Dann stand er abrupt wieder auf, machte eine kleine Verbeugung. »Ich hab mich gar net vorgstellt. Kleinert ist mein Name. Philip Kleinert. Entschuldigen S' bitte.«

»Macht nichts.« Sander holte eine zweite Teetasse und schenkte aus einer großen Pumpkanne ein. »Zucker, Süßstoff, Honig. Ich wechsle immer ab. Ein kleiner Luxus, den ich mir leiste: Honig in den Tee.« Der einzige Luxus, dachte er verbittert, der einzige …

»Danke, ich nehme Süßstoff. Sonst krieg ich gleich Sodbrennen.« Der Fremde lachte kurz auf, dann wurde er wieder ernst. »Jetzt kennen S' Eana ja endli a Hörgrät leistn. Zahlt denn die Kasse nix?«

»Welche Kasse?« Sander hob kurz die Schultern, ließ sie resigniert wieder fallen. Der Fremde gab sich zufrieden, spürte, daß er da besser nicht nachbohren sollte. Sander begann wie aus einem Reflex heraus die Scheine zu zählen, hielt aber verlegen inne, bevor er fertig war.

»Entschuldigen Sie, das soll kein Mißtrauen sein. Aber das steckt gewissermaßen im Blut, wenn man das so viele Jahre gemacht hat.«

»I versteh.«

Sander goß sich ebenfalls einen Tee ein, nahm wie der Fremde eine Tablette Süßstoff und rührte eine Weile um.

»Wissen Sie …« Er hielt wieder inne. Aber es mußte heraus. »Sie müssen wissen, daß ich …«

»Ja?« Der Fremde beugte sich ein wenig vor, so, als würde auch er schlecht hören.

»Also, das kann nicht stimmen, das mit dem Lottogewinn! Ich habe nämlich seit Wochen nicht mehr gespielt.«

»Dann ist es wohl eine Nachzahlung.«

»Nein!« Sanders Stimme klang entschieden. Er schob das Geld, das von einer großen, kupferrot schimmernden Büroklammer zusammengehalten wurde, über den Tisch zu dem Fremden zurück. »Hier, Herr – wie war doch Ihr Name?«

»Kleinert, Philip Kleinert.«

»Ja, also Herr Kleinert, das ist nicht mein Geld. Es kann nicht mein Geld sein, denn ich habe seit mindestens einem halben Jahr nicht mehr gespielt.« Ich kann es mir gar nicht leisten, wollte er hinzufügen, unterließ es aber. »Das muß wirklich ein Irrtum sein, Herr Kleinert.«

»Ein Irrtum? Ausgeschlossen. Hier auf der Liste: Ihr Name, die Adresse, die Summe, alles stimmt.«

Sander schüttelte den Kopf. »Nein,« wiederholte er mit fester Stimme, »nein, ein Irrtum, kein Zweifel.«

Der Fremde trank, nicht ohne vorher vorsichtig über die heiße Flüssigkeit geblasen zu haben, um sie abzukühlen.

»A guada Tee«, sagte er dann.

Sander trank ebenfalls, schaute auf das Geld, schaute auf die Hände des Fremden mit der Tasse. Es waren eigenartig grobe Hände, wie die eines Arbeiters. Sander kannte sich da aus. Früher hatte er unzählige Hände studieren können, die Geld über den Schaltertresen schoben oder zogen. Er hatte es meistens vermieden, in die Gesichter zu schauen, hatte dies mit Diskretion erklärt, aber im Inneren gewußt, daß er einfach schüchtern war. Doch nun schaute er dem anderen ins Gesicht.

»Nein, Herr Kleinert, mein Geld ist das nicht. Und Sie sind, wenn ich recht vermute, nicht von der Lottozentrale.«

Jetzt verstand er mit einem Mal, was ihn von Anfang an irritiert hatte an diesem Kleinert. Der Anzug, der Mantel – beste Ware, wie neu, kaum getragen. Das paßte ebenso wenig zu diesen abgearbeiteten Händen wie zu dieser rauhen, etwas unbeholfenen Stimme, die sich anfangs Hochdeutsch gegeben hatte und nun im breiten Münchner Dialekt daherkam.

»Wie kommen S' denn da drauf, Herr Sander?«

»Wer sind Sie, Herr Kleinert?«

Es dauerte eine Weile und einige Schluck Tee, bis der Fremde wieder zu sprechen anfing. »Sie ham recht, Herr Sander. I bin ned von der Lottozentrale. Aber es is trotzdem Eana Geld.«

»Wie das?«

»Der Mann vo da Lottozentrale war vor drei Wochen *bei mir*. Seit über zwanzig Jahren spui i und hab no nia net gwonna – aber vor drei Wochn hab i den Jäckpot knackt, mit über zwanzig Millionen, I ganz alloa hab die richtigen Zahln ghabt.«

Er kam ins Reden, erst stockend, sich immer wieder ins Hochdeutsche zwingend, dann immer fließender im Dialekt. Er habe keine Familie. Er habe lange gezögert, was er mit all dem vielen Geld machen solle. Er selbst brauche nicht viel, er sei Polier einer Baufirma und hätte seit vielen Jahren immer sein gutes Auskommen gehabt. Eine Woche nach der Mitteilung von seinem Gewinn hätte er einen Traum gehabt, der ihn sehr erschütterte. Er könne, nein, er wolle ihn nicht erzählen. Aber als er aus dem Traum aufgewacht sei, mitten in der Nacht, »da hab I gwußt, wos I mit dem Geld machn muß«. Anderen Menschen, die es nötiger hätten, eine Freude machen, das wolle er tun.

»Aber wie kamen Sie gerade auf mich? Wie komme ich auf diesen Zettel? Was ist das für eine Liste?«

»Es gibt einen Verein, der sich um die Opfer von Verbrechen kümmert. Sie, Herr Sander, Sie sind –« Der Fremde stockte erneut. »Ich hab mir das Archiv zeign lassn, und i hab dene vom Verein gsagt, daß mir die Nama vo Menschn sang soin, daß mir wenn möglich die Adressen ausfindig machn soin vo Leit, die an Verbrechn zum Opfer gfalln san und dene garnet oder zu wenig gholfen worn is. Die ma vergessn hat. Und so bin i auf Eane kemma.«

Andreas Sander spürte ein Würgen in der Kehle. Er stand rasch auf, ging zum Fenster, starrte hinaus, hinunter zur Kneipe, hinüber zur Fassade der anderen Häuser, die grau und trist zurückstarrten.

»Ein Hörgerät ... wieder richtig hören zu können, was geredet wird« sagte er stockend, »das wär schon toll.«

»Do«, sagte Kleinert, schob das Geldbündel wieder auf Sanders Seite, »nehmen S' es – bittschön!«

Und Sander nickte, ganz langsam, mehrere Male, wobei er sich mit dem Ärmel seines Hemdes über die Augen wischte. Ja, dachte er, ich glaube, es steht mir zu.

Kleinert schaute verlegen weg. Dann räusperte er sich. »I muß Eana jetzt no was beichtn.« Er griff in die Innentasche seines Sakkos, holte einen dicken Briefumschlag heraus und schob ihn langsam zu Sander hinüber. »Do – des ghert Eana a no.«

»Wie bitte?«

»Jetzt nehman S' es scho!«

Andreas Sander schaute Philip Kleinert irritiert an, nahm den Umschlag in die rechte Hand, ließ ihn langsam wieder auf die Tischplatte sinken.

»Machn S' des Kuver halt auf!«

Mechanisch öffnete Sander den Umschlag, zog den Packen Geldscheine heraus.

»Aber das sind doch mindestens dreißig Fünfhunderter!«

»Vierzig, Herr Sander. Die ghörn Eana a no. Und dann hab i da a no a Konto für Eana eigricht, vo dem wern Eana jedn Monat tausend Euro überwiesn, und wenns amal net glanga dat, wenn S' mehra brauchn solltn, für an Urlaub oder a Reha oder sonst was – machn S' Eana da koane Gedankn!«

»Wie bitte?«

Kleinert schnaufte tief durch und begann dann mit stockender, belegter Stimme zu erzählen: »Also damals, in dera Bank, wo Sie hinterm Schalter – also, der Bandit mit der schwarzen Wollmaske, den's nia net derwischt ham – des war i. Und jetzt muß endli außa, die Wahrheit. Sonst kann i nimmer lebn. Des ganze Geld, die zwanzig Millionen – i halt des nimmer aus. Jede Nacht fast, seit damals – I schreck ausm Schlaf auf, I siech Eana Kopf, Eana Gsicht – des ganze Bluad. I hab des net woll'n – i war so in Panik – mei Hand hat gschossn – also, des war net i – I hab's wirkli net wolln.« Er hielt einen Augenblick inne, bevor es wieder aus ihm heraussprudelte. »»Nehman S' des Geld bittschön – und mit mir kennan S' jetzt machn was woin. Gehngan S' von mir aus zur Polizei. I woas, daß ma sowas net mit Geld zruckkafa ko, a gsunds Lem, net mit dem ganzn Lottogewinn, net mit sämtliche Millionen. Des war – des is für mi wie a Gschenk vom Himmi gwen, daß i's zruckzahln ko, daß i's a wengerl wenigstens guatmachn ko, was i damals angricht hab. Und eigentlich gherat's Eana ganz – der ganze Lottogwinn, der verdammte himmlische.«

Sanders atmete tief durch. Er schaute links an dem Fremden vorbei auf die gegenüberliegende Wand seines winzigen Wohnschlafzimmers. Die könnte auch mal wieder einen Anstrich vertragen, dachte er, diese Wand. Wäre nicht schlecht.

Dann schloß er die Augen. »Ich muß über Ihr Angebot nachdenken«, sagte er leise. »Geben Sie mir einen Tag Zeit. Wie kann ich Sie erreichen?«

Kleinert nickte erleichtert. »Da ham S' mei Telefonnummer – auf dera Visitnkartn.« Er reichte Sander das kleine weiße Kärtchen, das er offenbar die ganze Zeit schon in der Hand gehalten hatte.

Zögernd nahm Sander es entgegen.

Dein Gesicht sieht jetzt nicht mehr so grau und verspannt aus – daß mir das vorhin nicht aufgefallen ist. Irgendwie jünger bist du, viel jünger. Wenn du jetzt noch eine schwarze Wollmütze – wie würde das aussehen? Was mach ich mit dem vielen Geld? Ich werde jeden Abend ins Pilsstüberl hinübergehen – ich werde die anderen einladen, jeden Abend werde ich sie einladen und mit ihnen trinken, und die Kopfschmerzen werden wieder heftiger werden, und ich werde dann jeden Morgen schon ins Pilsstüberl hinübergehen, gleich wenn sie öffnen, so gegen neun ...

»Nein, ich kann Ihr Angebot nicht annehmen«, sagte er leise.

»Sie kennan 's Eana doch in aller Ruh überleng – i gib Eana so vui Zeit wie S' woin.«

Jetzt bettelst du – aber ich laß mich nicht anwinseln, nein, ich nicht.

»Nein, ich bin mir jetzt ganz sicher, daß ich sie nicht möchte, Ihre Millionen.«

»Aber ...«

»Nein.«

Kleinert sackte sichtlich zusammen. Er sah wieder grau und alt aus. Langsam, wie in Zeitlupe, langte er in seine Tasche. »So vui Jahr hob ich des mit mir rumgschleppt, die Schuld – I mecht doch nur wieder gutmachn ...«

»Da ist nichts zum Gutmachen. Geschehen ist geschehen. Mein Leben ist ...« Sander verharrte mit offenem Mund und schaute an dem anderen vorbei auf die gegenüberliegende Wand. Er versuchte sich zu erinnern. Aber da war nichts. Nur Grau.

Kleinert legte auf die abgeschabte Tischplatte, was er aus seiner Armani-Jacke geholt hatte. Es war eine Pistole. »Jetzt muß alles raus ...«, sagte er tonlos.

Sander schreckte auf. »Ist das die, mit der ...«

Kleinert nickte wortlos. »I hab's all die Jahr bei mir tragn.«

»Und was soll ich jetzt damit? Als Souvenir behalten? Packen Sie das Ding wieder ein. Und gehn Sie. Lassen Sie mir meine Ruhe.«

Kleinert nahm die Pistole wieder an sich, steckte sie zurück in die Innentasche seines feinen Anzugs. »Wirkli net?«

»Nein, wirklich nicht.«

Kleinert stand unbeholfen auf, so steif, als sei er aus Holz oder Metall.

»Nehmen Sie das auch mit«, sagte Sander und schob erst den Umschlag mit den 40 000, dann das von der großen kupfernen Büroklammer zusammengehaltene Bündel der 10 000 Euro über den Tisch. Kleinert steckte in Zeitlupe auch das Geld ein. Und ebenso die Visitenkarte, die Sander ihm als letztes wieder über den Tisch zuschob.

Noch einmal öffnete Kleinert den Mund, um etwas zu fragen, unterließ es dann aber. Er gab sich einen Ruck, und ohne noch einmal zurückzuschauen, ging er. Sander erwartete, daß die Tür laut oder wenigstens hörbar zuschlagen würde. Aber es war kein Ton zu hören. Die Schwerhörigkeit, dachte Andreas Sander, ja, das wird es sein – die Schwerhörigkeit.

Doch den Schuß im Treppenhaus, den einen grauenvollen Schuß – den hörte er.

Wette mit dem Teufel

Es war einmal ein Bäuerlein mit Namen Gottfried, das hatte einem tumben Toren namens Hans einen Goldklumpen abgeschwatzt und gegen sein Pferd eingetauscht, das schon lange keinen Wagen mehr zog und meist nutzlos im Stall und auf der Weide herumstand.

Nun stand das Bäuerlein vor seinem Hof, den schweren Klumpen im Rucksack und überlegte, was zu tun sei. Der Weg war lang gewesen, und es war schon finstere Nacht. Auch im Haus war es stockduster, denn das Bäuerlein lebte schon lange Jahre allein, die Frau war ihm gestorben, und die Kinder waren längst ausgezogen und ihrer eigenen Wege gegangen.

Was mache ich nur mit dem Gold, dachte Gottfried, im Haus mag ich es nicht lassen wegen den Räubern, die durchs Land ziehen und gerne ein so allein stehendes Gehöft überfallen. Auf dem Acker vergraben mag ich es auch nicht, vielleicht finde ich das Gold dann nicht mehr. Und nutzlos in einem Versteck in der Scheune oder im Hühnerstall rumliegen soll's mir auch nicht. Nein, dachte er weiter, ich werde es im Mistbeet zwischen den Salatköpfen verbergen, da sieht keiner den Goldklumpen, und wenn ich sicher bin, daß mich keiner beobachtet, dann schaue ich mir meinen Schatz heimlich an und erfreue mich daran, wie er in der Sonne funkelt.

Gesagt, getan. Und so legte sich das Bäuerlein Gottfried beschwingt zu Bett, nicht ohne zuvor noch seine Hühner und Gänse gefüttert und dem Hund frisches Wasser gegeben zu haben. Dies alles hatte aber auch einer bemerkt, dem nichts auf der Welt entgeht, was interessant ist. Das war der Teufel, der seine Augen und Ohren überall hat und seine krumme Nase sowieso und dies am Tag wie bei der Nacht. Bei Nacht sogar ein wenig mehr. Der Bocksfüßige mit dem langen Schwanz und den spitzen Hörnern rieb sich also seine kohlrabenschwarzen behaarten Pranken und knurrte: »Das werden wir ja sehen, Bäuerlein, wie es dir ergehen wird mit deinem erlisteten Gold.«

Am anderen Morgen schlüpfte der Teufel in seinen besten Anzug von Armani, ließ sich von seinem persönlichen Assistenten (einem ehemaligen Kammerherren des regionalen Bischofs), den Corvette Stingray 2000 aus der »Satanischen Flotte« holen, schnappte sich das Handy und den Laptop mit seiner riesigen Datenbank und fuhr los.

Schon bald war er vor dem Anwesen des Bäuerleins angelangt. Er drückte fordernd und ungeduldig mehrmals auf das Dreiklanghorn, und nicht lange darauf kam auch schon Gottfried aus der Haustür geschlurft, ein wenig verschlafen noch, aber bereit, auch diesen Tag gut angehen zu lassen. Er sah sofort, mit wem er es zu tun hatte, denn der Gottseibeiuns machte sich keine besondere Mühe, seine Hörner unter der Baseballkappe zu verstecken. Sein langer Schweif hing deutlich sichtbar aus dem Hosenboden und führte wie bei einer Katze ein recht eigenständiges Leben. Als Gottfried genau hinhörte, konnte er sogar ein behagliches Schnurren wie bei seinem Kater hören. Und daß hinter der Sonnenbrille von Ray Ban ein wildes Augenpaar loderte, brauchte ihm niemand zu erzählen.

»Ich will gleich zur Sache kommen«, sagte der Teufel.

»Das denke ich mir. Ich ahne nämlich längst, wer du bist«, antwortete der Bauer, »aber bei mir ist nichts zu holen für einen wie dich.«

»Und das, was du im Salatbeet versteckt hast? Willst du das nutzlos versauern lassen?«

Da erschrak Gottfried doch ein wenig, daß sich das mit seinem neuen Reichtum so rasch herumgesprochen hatte.

»Papperlapapp, von wegen Reichtum«, las der Teufel seine Gedanken. »Aus dem Klumpen Gold mußt du erst etwas machen, wenn es mehr sein soll als nur ein Stück Metall. Geld ist Energie, Geld muß fließen. Schon mal was von Zinseszinseffekt gehört?« Er legte demonstrativ den Laptop auf die Kühlerhaube des Stingray, klappte ihn auf und startete die Datenbank, die ihm über eine integrierte Antenne vom nächsten Satelliten alle Börsenkurse der Welt in Echtzeit auf den Bildschirm holte. »In Asien geht's drunter und drüber, die Kurse purzeln, jetzt steigt der wahre Spekulant ein. Du mußt in thailändische Bath investieren, und ich verspreche dir, daß du in einem halben Jahr ein wirklich reicher Mann sein wirst.«

»Aber ich habe keine Ahnung von der Börse, und außer meinem Goldklumpen besitze ich keinen roten Heller, den ich ...«

»Papperlapapp«, grunzte der Teufel wieder, »du gibst mir deinen Klumpen, und ich gebe dir dafür das Startgeld und mache einen *Global Player* aus dir, daß es nur so rauscht im Karton. Den Laptop schenke ich dir obendrein, als Bonus gewissermaßen. Da kannst du jeden Morgen, von mir aus auch mitten in der Nacht, die aktuellen Kurse aller Börsen aufrufen, und – surprise, surprise! – in einem speziellen Fenster findest du jeweils meine drei heißesten Empfehlungen zum Kauf oder Verkauf. Garantiert echte Insidertips, die sich gewaschen haben. Wenn du verstehst, was ich meine, hähä …«

»Wie viel Startgeld ist dir denn mein Klumpen Gold wert?« Das Bäuerlein fragte dies bedächtig, wie es so seine Art war. Außerdem hatte er längst erraten, weshalb der Teufel so scharf auf gerade dieses Gold war, dazu mußte er nicht ebenfalls Gedanken lesen können.

»Oh, nun sagen wir mal«, knurrte der Teufel, »zehntausend?«

»Adieu«, sagte Gottfried und drehte sich seiner Haustür zu.

»Hey, nicht so hastig, junger Mann, laß uns wenigstens darüber reden! Was ist denn dir der Batzen wert?«

»Also, unter einer Million geht da nichts«, brummte Gottfried, setzte schon einen Fuß in den Hausflur, drehte aber doch noch einmal den Kopf zum Teufel zurück, nur um zu sehen, wie der reagieren würde.

»Hunderttausend, mehr ist nicht drin«, knurrte der wie ein Hund, den man treten will.

»Eine Million und keinen Cent weniger – und zwar eine Million *Dollar,* wenn ich bitten darf.«

Da jaulte der Teufel hörbar auf, denn eine Million Dollar waren auch für ihn eine Menge Geld. Es verhielt sich nämlich so, wie es Gottfried ganz richtig begriffen hatte: Dem Teufel ging es nicht nur um das Gold, sondern mehr noch um das Quäntchen Glück vom Vorbesitzer, das er damit einzuhandeln hoffte. Denn glücklich zu sein, das war das Einzige, was der Teufel nur vom Hörensagen kannte und das er sich in all den Jahrtausenden seiner dunklen Herrschaft auf Erden nie hatte kaufen können.

»Eine Million Dollar«, wiederholte der Bauer gelassen, »und zwar auf einem Nummernkonto auf der schönen Isle of Wight. Das ist nicht so weit weg wie die Bahamas, aber sicherer als die Schweiz oder Luxemburg.«

Gottfried kannte sich gut aus, seit er im Internet surfte.

»Eine Million Dollar also«, fauchte der Teufel säuerlich, denn er wußte, wann er geschlagen war.

»Und den Laptop«, ergänzte der Bauer, »mit drei Jahren Garantie auf Hardware und Software und immer die aktuellsten Informationen, wie versprochen?«

»Wie versprochen«, sagte der Teufel, »aber du kennst den Preis!«

»Ja, meine Seele«, sagte Gottfried und zündete sich ein Pfeifchen mit der speziellen bajuwarischen Kräutermischung an, die sein Denken beflügelte. Er bemühte sich aber mit Erfolg, nicht an das zu denken, was er sich inzwischen für diesen Fall überlegt hatte, denn keinesfalls sollte ihm der Leibhaftige vorzeitig auf die Schliche kommen. In dieser meditativen Geisteshaltung ging Gottfried, den Harmlosen spielend, in Gedanken über seinen Acker und zählte die Kornhalme, wie sie im Sommer zur Erntezeit stehen würden.

»Hier, unterschreib mir den Vertrag.« Der Teufel hielt Gottfried ein Pergament hin.

»Und welches Rätsel muß ich lösen, um im Ernstfall doch noch deinen Klauen zu entrinnen?«, fragte das Bäuerlein spitzbübisch. Es hatte sich nämlich ausgiebig auf diesen Fall vorbereitet und alle Märchen und Sagen studiert, in denen von solchen und ähnlichen Verträgen die Rede war.

»Es gibt kein Rätsel«, antwortete der Teufel. »Aber du darfst mir eine Wette anbieten. Wenn ich die verliere, bist du aus dem Schneider.«

»Hm, eine Wette«, brummte das Bäuerlein mit angestrengter Miene. »Laß mir ein paar Minuten Zeit.«

Nicht lange danach hellte sich sein ernstes Gesicht auf. »Ich hab's«, sagte er und zählte dabei wieder fleißig Kornhalme vor seinem inneren Auge, damit der Teufel seine wahren Gedanken nicht lesen konnte. Der bemerkte das Täuschungsmanöver, knurrte ein wenig ungehalten, aber da er letztendlich von seinem Sieg überzeugt war, juckte es ihn nicht weiter. »Laß hören«, sagte er also und peitschte erwartungsvoll mit seinem langen behaarten Schweif durch die Luft.

»Nun, ich wette mit dir, daß ich auf einer einzigen Seite etwas schreiben kann, das vollständig ist und doch nie vollendet.«

»Hm, wie soll das denn gehen?«, fragte der Teufel und schüttelte sein gehörntes Haupt, bis der Ruß aus seinen stacheligen Haaren nur so durch die Gegend flog. Er wußte zwar, daß das Bäuerlein eigentlich gar kein richtiger Landwirt war, sondern ein ehemaliger Manager aus der Computerbranche, ein hochbegabter noch dazu, der frustriert den Job hingeschmissen hatte, als seine Firma ihn mehr und mehr aufzufressen drohte; ein richtiger Aussteiger also. Aber was konnte sich hinter dieser Wette schon Unangenehmes für den einzig echten Teufel verbergen?

»Wie soll das konkret aussehen?«, fragte er vorsichtshalber nach.

»Oh, ganz einfach«, sagte Gottfried. »Ich schreibe also einen kleinen Text von der Länge einer Standardmanuskriptseite, mit dreißig Zeilen zu sechzig Anschlägen, über ein bestimmtes Thema –«

»Was für ein Thema?«

»Muß ich das sagen?«

»Nein, nicht unbedingt.« (Was kann ein Mensch schon Bedeutendes von sich geben, dachte der Teufel, und merkte gar nicht, wie überheblich er war.)

»Es steht jedenfalls alles drin, was es zu diesem Thema zu sagen gibt. Aber dennoch ist der Text anschließend nicht fertig. Du aber darfst gerne deinen Senf, pardon, deine Ergänzungen dazu geben, du oder einer deiner Unterteufel, wenn du meinst, daß etwas fehlt. Und ich muß dann umgehend dafür sorgen, daß das Fehlende wiederum ergänzt wird. Und so weiter und so weiter …«

Mißtrauisch beäugte der Leibhaftige eine Weile das Bäuerlein, das, wie gesagt, eigentlich ein gewiefter Ex-Manager war.

»Du führst doch irgendeine Teufelei im Schilde, oder?« Verzweifelt bemühte er sich, die Gedanken des anderen zu lesen, aber der zählte nur harmlos Kornähre um Kornähre auf seinem inneren Acker, sodaß selbst für Seine Satanische Majestät ein Durchdringen zu Gottfrieds wahren Gedanken unmöglich war.

»Nun denn, schreiben wir das hier in diesen Vertrag.«

»Die Wette gilt also?«

»Ja, die Wette gilt. Aber nur unter einer allerletzten Bedingung: Nach sieben Jahren ist Schluß, dann gehörst du mir.«

»Oder auch nicht«, grinste Gottfried und hätte sich in seiner Vorfreude fast verraten. Gerade noch rechtzeitig verschloß er seine Gedanken wieder mit dem Bild eines Weizenfeldes, über das eine sanfte Julibrise strich und es ins Wogen brachte, als sei es ein goldgelbes Meer. Der Teufel tippte auf dem Laptop die Änderungen und druckte mit dem angeschlossenen Laserjet auf dem Beifahrersitz seines Stingray zweimal den neuen Vertrag aus. Gottfried las ihn durch und nickte zufrieden. Es stand alles so darin, wie er es vorgeschlagen hatte, und beide unterschrieben.

»Top, die Wette gilt«, grinste der Teufel, und Gottfried sah mit ein wenig Schaudern, daß es ein wahrhaft diabolisches Grinsen war. Dennoch ließ er sich nicht übertölpeln, zählte weiterhin hübsch sorgfältig die Kornhalme und gab dem Teufel keine Chance, seine geheimsten Überlegungen auszuforschen. Es hätte dem auch nichts mehr genützt, denn – unterschrieben ist unterschrieben! Da muß sich selbst so einer wie der Gottseibeiuns daran halten.

»Dann mach dich mal an die Arbeit«, sagte der Teufel, reichte Gottfried wie versprochen den Laptop, warf im Tausch dafür den Goldklumpen auf den Rücksitz des Stingray und rauschte mit aufheulendem Motor und röhrendem Auspuff davon.

»Bin schon dabei!«, rief Gottfried ihm nach. Dann ging er ins Haus und warf seinen eigenen PC an, denn dem infernalischen Laptop wollte er nicht mehr über den Weg trauen als für die Börsenspekulationen unbedingt nötig. Es dauerte keine halbe Stunde, da hatte er seinen Text schon fertig. Es war eine kleine Abhandlung über den Sinn des Lebens, die in der – zugegeben etwas platten – These gipfelte, daß jeder seines Glückes und Lebenssinnes eigener Schmied sei. Er versah in diesem Text aber eine Menge Stichwörter mit Hyperlinks. Dann stellte er das Ganze auf eine Website im Internet, die er seit seiner Managerzeit bei der großen Computerfirma als seine persönliche kreative Spielwiese betrieb und nie vernachlässigt hatte. Oh ja, er hatte sich bestens vorbereitet für diese Wette!

Damit war sein Teil des Vertrags erfüllt. Denn in dem Text stand alles, was zu diesem Thema zu sagen war, und zwar auf genau einer Standardmanuskriptseite mit dreißig Zeilen, sechzig Anschlägen und insgesamt 1800 Zeichen. Aber aufgrund der Hyperlinks war die Sache dennoch nicht vollendet.

Es dauerte keine Stunde, da trudelten in seinem Posteingang bereits die ersten E-Mails mit Ergänzungen ein, die versuchten, die von den Hyperlinks aufgerissenen Grenzen des Textes zu schließen. Der Diktion nach waren sie eindeutig diabolischer Herkunft, und Gottfried sah mit Vergnügen vor seinem geistigen Auge den Teufel und seine Untergebenen über ihren höllischen Terminals schwitzen, um die Wette doch noch für den Rußigen Herrn zu entscheiden. Doch Gottfried hatte auch dafür vorgesorgt. Rasch versah er alle eintreffenden Ergänzungen seines Textes ebenfalls mit weiter verzweigenden Hyperlinks, stellte auch diese Dokumente ins Internet und rieb sich vergnügt die Hände. In der Chat-Ecke, die er parallel dazu etabliert hatte, tummelten sich schon die ersten Kommentare anderer Surfer und verhießen fröhliches Treiben. Bald würde jeder im WeltNetz Bescheid wissen, der Bescheid wissen wollte.

Gottfried warf den Laptop des Teufels an und widmete sich sieben Jahre lang seinen Börsenaktivitäten. Sein Spielgeld von einer Million Dollar verzehnfachte er schon während der Asienkrise binnen eines Wochenendes. Nach der Einführung des Euros verhalfen ihm die dadurch ausgelösten Währungsturbulenzen zu einer Verhundertfachung seines Einsatzes, und als der Teufel nach sieben Jahren grimmig röhrend in seinem Stingray 2005 vorfuhr (er war eben aller Jugendlichkeit und Modernität zum Trotz doch ein recht konservativer älterer Herr), da war Gottfried bereits der reichste Mann der Welt. Reicher als Bill Gates und sogar reicher als der Sultan von Brunei und Joanne K. »Harry Potter« Rowling zusammen. Nur wußte das niemand außer ihm und dem Rußigen Herrn, denn er hatte alles gut versteckt hinter Strohmännern und wie man das heutzutage halt sonst noch macht, wenn man sehr sehr viel Geld hat und es auch behalten möchte.

»Du elender Kerl hast mich reingelegt«, fauchte der Teufel. »Nie war die Rede davon, daß du ... daß ich ...«

»Ja, was denn nun? Im Vertrag steht doch alles drin. Wort für Wort. Wenn etwas im Text fehlt, heißt es dort – und daß bald etwas fehlen würde, dafür haben deine Unterteufel ja gesorgt, indem sie meinen Hyperlinks gefolgt sind und rasch wie in einem Lexikon neue querverweisende Texte ergänzten! Wenn also etwas fehlt, hatte ich versprochen, dann sorge ich dafür, daß die dort aufgemachten Verzweigungen – und es waren nicht mehr als ein Dutzend – meinerseits ergänzt werden durch neue Texte mit neuen Verzweigungen. Ich habe dich und deine Horden ganz schön ins Schwitzen gebracht, nicht wahr?«

»Wie konnte ich denn ahnen, daß du hinter deinem Weizenfeld so eine verdammte, naja, Teufelei aushecken würdest!«

»Ich habe ja nicht unterschrieben, daß ich diese Texte *persön-*

lich ergänze. Dafür haben die Surfer im Internet gesorgt, und du kannst dich wirklich nicht beklagen: Eine ganze Reihe haben sich schließlich auf deine Seite geschlagen, mit neuartigen Makroviren meinen Hypertext sabotiert und mit irreführenden Dokumenten viele Hyperlinks durch grammatische Endlosschleifen kurzgeschlossen – das hat mich eine Weile ganz schön genervt.«

»Ja, ja, grammatische Endlosschleifen und makrovirische Hyperlinks«, fauchte der Teufel, obwohl ihm, seiner vulkanischen Natur entsprechend, viel mehr danach gewesen wäre, »Nein! Nein!« zu brüllen.

»Internet-User sind eben Individualisten«, lachte Gottfried, »und meine These war ja, daß jeder seines eigenen Lebenssinnes Schmied ist und diesen Sinn für sich selbst entdecken muß.«

»Ja, ja – dieser Sinn! Alles Unsinn!«, fauchte Satan.

Aber Gottfried zündete sich ein Pfeifchen an und brummelte gemütlich: »Ich für meinen Teil jedenfalls bin zufrieden. Zufrieden, der reichste Mann der Welt geworden zu sein und dich aufs Kreuz gelegt zu haben. Es heißt wohl zu recht, daß das Internet eine teuflische Erfindung ist, nicht wahr? Aber das ist ja alles nur virtuell, oder?«

Da blieb dem Teufel nichts anderes übrig, als sich mit einem gewaltigen (keineswegs virtuellen, sondern höchst konkreten) Furz aus dem Staub zu machen. Und wenn die Internet-Surfer nicht gestorben sind, dann schreiben sie noch heute um den Sinn des Lebens. Alle hundert und mehr Millionen von ihnen.

Kann so eine teuflische Geschichte auch eine Moral haben? Aber ja: Den Stingray, den der Teufel in seiner grenzenlosen Wut auf dem Hof des Bäuerleins zurückgelassen hatte und nie mehr abholte, schob Gottfried gelassen in die Scheune, die ohnehin leer stand. Damit zu fahren, das traute er sich nicht. Aber jeden Abend, bevor er sich auf die Gartenbank setzte, sein Pfeifchen anzündete und sich ein Glas Weißbier einschenkte, ging er zunächst die paar Schritte hinüber zur Scheune, betrachtete das noble Auto lange im Abendlicht, wischte auch mal, wenn es nötig war, liebevoll mit einem Lappen den angesammelten Staub ab – und hatte etwas begriffen vom Sinn des Lebens: daß man sich ein Ziel setzen sollte, das groß genug ist, am besten größer als man selbst – und das man dennoch erreichen kann.

Erster Kontakt

Ren bewegte sich vorsichtig zum Waldrand, dorthin, wo sie von dichtem Unterholz geschützt in Ruhe beobachten konnte, was sich auf der Lichtung vor ihr abspielte. Sie hatte schon lange geahnt, daß dieses Ereignis eines Tages eintreten würde: Besucher aus dem Weltraum. Erster Kontakt. Vielleicht das größte Ereignis der Geschichte dieses Planeten. Das Jahrtausendereignis auf jeden Fall. Hinter ihr, in sicherer Entfernung, kauerte Qorgantsch, ihr Gefährte, im sicheren Versteck.

Jetzt öffnete sich die Luke der Fliegenden Untertasse (wie sie das im Fernsehen nannten). Leise robbte Ren noch näher. Gleichzeitig bedeutete sie Qorgantsch, ihr zu folgen.

Die Luke des Raumschiffs öffnete sich langsam, eine Rampe fuhr aus. Es zischte leise (der Druckausgleich, dachte Ren), und zwei Gestalten wurden sichtbar. Sie waren winzig. Sie kamen näher. Sie nahmen vorsichtig die Helme ihrer Weltraumanzüge ab. Sie atmeten langsam ein und aus, prüften immer wieder die Luft, sahen sich um, immer wieder. Streiften endlich ihre Schutzanzüge ab.

Sie sehen uns irgendwie ähnlich, dachte Ren, zwei Arme, zwei Beine, ein Kopf mit zwei Augen und zwei Ohren, einem Mund und einer Nase. Nur das, was sie oben auf dem Kopf hatten – etwas, das wie braunes Moos aussah –, war seltsam. Jetzt war es soweit. Blitzartig glitt Ren aus der Deckung heraus, richtete sich auf, tastete das Innere des Raumschiffs mit ihren Metallsensoren ab (keine weiteren Besucher, notierte sie zufrieden), schaute auf die beiden Winzlinge zu ihren Füßen, die mit vor Entsetzten starren Blicken zu ihr hochsahen. Kurz bevor Ren den einen mit der linken und den anderen mit der rechten Faust zerquetschte, drangen verzweifelte Schreie zu ihr hoch.

Ihr Feiglinge, dachte sie, ihr habt Angst vor dem Tod! Genau wie Qorgantsch! An was glaubt ihr eigentlich? Dann drehte sie den Kopf zu Qorgantsch, hielt den Winzling in der rechten Faust hoch und sagte: »Liebling, reich mir mal das Ketchup.«

Der Geschichtenerfinder

In nicht allzu ferner Zukunft sind alle Geschichten erfunden. Aber was uns Erdlingen altvertraut erscheinen mag, könnte für Aliens ganz neu sein!

Es wird einmal eine Zeit kommen, in nicht allzu ferner Zukunft, da werden alle möglichen Geschichten erzählt sein. Alle möglichen – und auch alle unmöglichen.

Na ja, fast alle. Man wird *Romeo und Julia* natürlich weitere hunderttausend Mal abwandeln können, durch einen anderen Schauplatz (Timbuktu statt Verona), durch eine andere Zeit (das 27. Jahrhundert statt dem 16.) und sogar durch andere Personen (Knacke statt Romeo und Peitz statt Julia – oder ein schwules Pärchen namens Romeo und Julius).

Aber es wird doch immer wieder dieselbe oder eine sehr ähnliche tragische Liebesgeschichte zwischen zwei jungen Menschen sein.

Die jugendlichen Figuren kann man natürlich ebenfalls variieren und sogar karikieren. Man kann die Geschichte ausspinnen zwischen einem alten Tattergreis und einem elfjährigen Nymphchen. Man kann Romeo in eine Zeitmaschine stecken, exhumieren, klonen und revitalisieren und einen parallelen Zeitstrom aufsuchen lassen, wodurch es ihm gelingt, das tödliche Gift zu vermeiden. *And they lived happely ever after* – Hollywood läßt grüßen.

Es gibt noch ein paar andere Plots, wiederum mit Millionen Variationsmöglichkeiten. Eine intelligent programmierte Software kann heute schon den Schreibern von Fernsehserien Story um Story variieren, bis wirklich alles plattgewalzt und jede Idee bis zum Gehtnichtmehr ausgesaugt ist.

Dennoch wird es weiterhin ein paar begnadete Geschichtenerzähler geben, denen es gelingt, selbst dem abgenagtesten Knochen von Plot noch eine überraschende Variante abzuringen. Es werden irgendwann, das ist absehbar, nur noch drei, vier, vielleicht sieben solcher Menschen existieren, die das Ideenfutter liefern für ihre weniger kreativen Kolleginnen und Kollegen von den Abteilungen

Fernsehspiel, Drama, Roman, Kurzgeschichte, Sachbuch, Lyrik, Computerspiel, Kinofilm. (Ja, auch dieses kollektive Vergnügen dürfte es in Zukunft noch geben, genau wie das Theater.)

Irgendwann wird es wohl auch eine noch ganz andere, weltweit vernetzte interaktive und durch spezielle, kurzzeitig wirkende Halluzinogene verstärkte Kunstform geben, an der Millionen Menschen gleichzeitig beteiligt sind, und die sich vielleicht über ganze Tage, Wochen, ja sogar Monate und Jahre hinziehen könnte. Eine Art Welt-Spiel. Aber egal, um welche Form und um welches Genre es sich handeln wird – Lovestory, Krimi, Science Fiction, Piratenabenteuer, Kriegsgeschichte –, und egal, mit welch zusätzlichen exotischen Gewürzen man die Geschichte jeweils aufmotzen wird: Ab und zu, und sei es alle Jahrzehnte nur ein einziges Mal, wird ein neuartiger Impuls nötig sein, eine echte Innovation, ein Plot, bei dem alle andächtig ausrufen: »Wow!«

Von einem Erfinder solcher Geschichten will ich nun berichten, und ich hoffe, Sie erkennen, daß es sich dabei um einen dieser ungeheuer seltenen Zehn-Jahres-Plots handelt, und rufen laut und andächtig aus: »Wow!«

Nennen wir ihn Jon Kubei. Das ist natürlich nicht sein richtiger Name, sondern sein Pseudonym – wie es sich für einen ambitionierten Kreativen gehört. Er ist fast hundertzwanzig Jahre alt, ein weit gereister, sehr gebildeter Mann, der schon mehr als ein Dutzend Berufe ausgeübt hat, darunter Bürgermeister einer Kleinstadt und Präsident einer nicht unbedeutenden Insel im Pazifik. Hunderte von Urenkeln kann er um sich scharen, und von sich selbst behauptet er zu Recht: »Ich weiß, wo's langgeht« – was übrigens der Titel eines seiner erfolgreichsten interaktiven Computerspiele war.

Er tut im Grunde nichts anderes, als zu leben, sehr intensiv zu leben, derzeit mit seiner siebten Frau und seiner neunundachtzigsten Geliebten (pardon: Muse), wenn ich recht gezählt habe. Er wandert in den Schweizer Bergen, setzt sich in jede Kneipe, die ihm einladend erscheint, geht gerne in mondäne Hotels, wo er Nachmittage in der Lobby verbringt und die Menschen studiert, die vorbeiflanieren oder wie er dort sitzen und ins Leere zu starren scheinen.

Wenn man ihn im richtigen Moment erreicht und fragt, wie er seine Tätigkeit denn nennen würde, antwortet er vielleicht: »Humanologie«, was man frei übersetzen könnte mit »Lehre davon, wie's die Menschen so treiben«.

Oder er sagt, er sei »Ideenentwickler«. Oder »Innovateur«. Er hat immerhin dreiundzwanzig technische Patente auf Erfindungen, die ihm nebenbei gewissermaßen in »den Schoß gefallen« sind. Am wahrscheinlichsten aber ist, daß er – nicht ohne Stolz und doch äußerst bescheiden – sagt: »Ich bin Geschichtenerfinder.«

Alle sieben Jahre etwa, das läßt sich leicht nachprüfen, macht es in seinem Gehirn »plopp« – und ihm fällt eine neue Geschichte ein. Einmal passierte es in der Sauna, ein andermal, daran erinnert er sich noch ganz genau, war es gleich nach dem Orgasmus, den er mit einer wildfremden Schönen während einer Wüstensafari in der Sahara unter einem phantastisch funkelnden Sternenhimmel hatte.

Die meisten seiner dreizehn »Ganz Großen Geschichten« (in seiner Werk-Datenbank kurz GGG genannt) und seiner rund fünfhundert »kleinen geschichtchen« (kurz kg) fielen ihm jedoch ein, als er morgens aus einem Traum aufwachte. Darauf schwört er: auf seine Träume.

Auf der Schwelle seiner Wohnungstür in einem Altbau in München ist, kaum lesbar, das von ihm selbst geschrieben Motto seines Lebens eingeritzt: »Inventing is living is dreaming«. (Er mag es halt sehr, das Englische. Manchmal denkt und redet er sogar englisch. Obwohl er in einem oberfränkischen Dorf aufgewachsen ist.) Jedes Mal, wenn er seine Wohnung betritt oder verläßt, hält er einen Moment an der Schwelle inne, erinnert sich an das Motto und nicht selten auch an eine seiner Geschichten, die vor oder hinter dieser Schwelle entstanden sind – und einige sogar auf ihr selbst. Dann lächelt er versonnen.

Doch all dies ist seit einigen Jahren vorbei, und somit gelangen wir ins Zentrum dieser Geschichte – oder, wie er selbst es zu nennen beliebt, ins *Herz seiner Finsternis*. Ziemlich genau an seinem hundertsiebzehnten Geburtstag fiel ihm auf, daß der letzte »Ganz Große Einfall« weit mehr als sieben Jahre zurücklag und daß seitdem gerade mal ein winzig kleines Einfällchen die immer trüber werdende Stimmung kurzfristig erhellt hatte.

Als »Hamlet in Holzpantinen« hatte er dieses seltsame Produkt geringschätzig abqualifiziert, obwohl es ihm – durch ein in Amsterdam uraufgeführtes Musical und die davon adaptierte Fernsehserie eines renommierten Regisseurs – einige Millionen Solar aufs Schweizer Konto gespült hatte, plus einige Dutzend recht wohlwollender Rezensionen und mehr als tausend enthusiastische Kommentare im Guestbook seiner Website http//:www.storycreator.com.

Ich lasse nach, dachte er. Und in sein Tagebuch notierte er in elegischer Stimmung:

Darjeeling, den 11. Juli 2187.
Angesichts des seit Wochen von Wolken verhangenen Himalajas ödet mich alles an. Selbst die nette taiwanische Sexbombe, die meine Gastgeber mir freundlicherweise zugeführt haben, mußte ich gestern Abend unverrichteter Dinge wieder wegschicken. Rien ne vas plus, nichts geht mehr. Das muß das Alter sein. Nun hat es mich eingeholt, kurz nach meinem 116. Geburtstag. Keine Lebensfreude mehr. Keine Einfälle mehr. Immer wieder geistert das schreckliche Gemälde von Hodler durch mein Bewußtsein, das in meiner Heimatstadt München in der Neuen Pinakothek hängt: »Die Lebensmüden«.

Die Schrecken des Alters, das Nahen des Todes – kündigt es sich so an? Mit einer totalen Blockade? Noch nie – außer während jener schrecklichen Jahre meines zum Glück rechtzeitig abgebrochenen Studiums der Psychologie, das ist nun schon fast ein Jahrhundert her – habe ich so eine totale Blockade und existentielle Finsternis erlebt.

Meine ganze Existenz möchte sich aufbäumen. Und gleichzeitig ist da etwas in mir, was täglich wächst und mit immer lauter werdender Stimme sagt: Laß es gut sein. Laß los. Endlich.

Aber ich will noch nicht aufgeben! Ich will es noch nicht, verdammt noch mal!

Nachdem Jon Kubei diese Sätze geschrieben hatte, war ihm wohler. Er bestellte eine Rikscha (ja, auch die gab es noch im Jahr 2187 in Indien – oder schon wieder) und ließ sich vor die Stadt ziehen. In einem kleinen Imbißlokal setzte er sich in die Abendsonne und schaute geduldig hinüber zu den Wolken, hinter denen er den Himalaja wußte. Er blickte hinunter zu den Teeplantagen, folgte ihrem sanften Abschwung in ein grün leuchtendes Tal und dem erneuten Anstieg auf der anderen Seite bis auf 3000 Meter Höhe, dorthin, wo kein Tee mehr wuchs. Wo die Baumgrenze längst überschritten war, wo der nackte Fels, die Schneehänge und die Gletscherzungen begannen. Wo der weiß wabernde Wolkennebel alles verbarg.

Jon Kubei schüttelte den Kopf. Es war immer so einfach gewesen. Eine Idee war aufgetaucht, wie aus dem Nichts. Er hatte sie in seine Datenbank diktiert. Hatte dann sorgfältig den Plot und einige mögliche Handlungsverläufe samt ihren sinnvollsten, unterhaltsamsten und spannendsten Verzweigungen entwickelt. Hatte alles seinem Agenten übergeben. Der hatte anhand der internationalen Ideen-Datei überprüft, ob es sich nur um etwas Altbekanntes handelte, das – wie es ab und zu vorkam – auf dem Wege einer kryptomnestischen Erinnerungstäuschung in den HyperRaum seines Vorbewußten oder auch seines Unbewußten gesickert war.

Doch wenn es wirklich ein origineller Einfall, ein innovativer, ein echter *Jon Kubei* war – dann begann eine aufregende Zeit für seinen Agenten. Er stellte auf einer weltweiten Auktion den hundert größten Verlagen und Redaktionen die Novität vor. Die ersten Gebote trudelten ein. Die Bieter überboten einander, jagten die zunächst eher bescheidene Basis-Forderung an garantiertem, nicht zurückzahlbarem Vorschuß (selten war es weniger als eine Million Solar gewesen) Runde für Runde in immer schwindelndere Höhen. Bis einer endlich den Zuschlag bekam. Das war schon einmal für eine Milliarde geschehen – nicht unbedingt viel für ein Produkt der »Gans, die goldene Eier legt«, wie die Medien Jon Kubei gerne titulierten.

Ja, er war der beste und erfolgreichste aller Geschichtenentwickler – *Nein*, seufzte Jon Kubei in Gedanken: *Ich bin es gewesen*.

Er nippte am Tee, der schon kalt geworden war. Kurz überlegte er, eine neue Schale zu bestellen. Aber im Grunde paßte alles zusammen, die zunehmende Kühle, die aus den weißen Wattewolken der Himalajahänge zu ihm herüberwehte – und die zunehmende Kälte, die aus seinem Inneren aufstieg.

Zeig dich endlich, du Mistkerl, du vermaledeiter, wollte er schreien, du Klappergestell, das ich seit meinen frühesten Kindheitstagen fürchte!

Aber wenn man auf die 120 zugeht, sollte man sich solche Wutausbrüche besser verkneifen. Was sollten auch all die jungen Leute im Lokal denken, die ab und zu leise tuschelten und sicher hinter seinem Rücken auf ihn zeigten, über ihn redeten. Denn bekannt war er hier wie überall auf der Welt. Jeder kannte ihn. Jeder wußte, wer er war: der weltgrößte Geschichtenerfinder, beliebt aus Internet, Computerspielen, Fernsehen, Film, Funk, Theater und so weiter und so weiter.

Etwas tröpfelte bitter-schmeckend aus der Tiefe seines alten, vielfach gelifteten und aufgepulverten Körpers in sein Bewußtsein, etwas, das immer näher kam. Es war der Gevatter Tod, auf den er im Grunde wartete. Diesen Gedanken wollte er zu gerne wieder wegschieben. Aber sehr viel weiter als an den Rand seiner inneren Wahrnehmung ließ er sich nicht mehr verdrängen.

Nun bin ich also alt geworden, dachte er. Dabei habe ich mich immer so jung gefühlt all die Jahrzehnte, wie ein Sechzehnjähriger, manchmal auch noch jünger. Manchmal war ich sogar nur sechs oder fünf, ein spielendes Kind. Aber das mußte ja irgendwann vorbei sein ...

Es dauert eine Weile, bis er begriff, daß sich um ihn herum etwas verändert hatte. Das Stimmengemurmel war leiser geworden.

»Schaut doch«, hörte er jemanden sagen, »was ist das für ein seltsames Leuchten?«

Jon Kubei zwang sich, die Augen wieder zu öffnen, die ihm schon vor einer Weile zugefallen waren. Draußen, jenseits der Teeplantagen, vor der grau verhangenen Flanke des Himalaja, zeigte sich etwas Seltsames.

Jemand hinter ihm schrie auf – vor Angst? Vor Entsetzen? Oder vor Entzücken?

Möglich war alles.

Aus den Nebelschwaden tauchte etwas metallen Schimmerndes, Rundes auf. Farbige Lichter blinkten langsam, mal regelmäßig, mal mit irritierendem Flackern. Ein UFO? Aber das konnte doch nicht sein! Was für eine grandiose endzeitliche Vision stieg da auf ...

Das muß die Nähe des Todes sein, durchzuckte es ihn, das Licht am Ende des Tunnels, aus dem es kein Zurück gibt. Ersehnt – und gefürchtet zugleich. Das endgültige Ende. Jenseits aller Schrecken – und jenseits aller Hoffnung.

Das Gefährt kam näher, wurde immer größer und landete mit einer geradezu feierlichen Schwere, ohne dabei jedoch seine federnde Leichtigkeit zu verlieren, die irgendetwas mit den Lichtern zu tun haben mußte, die das himmlische Fahrzeug nun umkreisten wie eine Prozession. Ein Maul tat sich auf, eine metallen schimmernde Zunge rollte heraus. Wieder schrie jemand hinter Jon Kubei auf, andere Schreie gesellten sich dazu, Stühle fielen um, Panik brach aus. Dann siegte die Neugier. Es kehrte wieder Stille ein.

Etwas rollte, rutschte über diese Zunge, die zu einem langen Band wurde, zu einer Brücke über den Abgrund, die vor Jon Kubeis Füßen endete. Dort verharrte das Band, schien sich zwischen umgestürzten Stühlen und Tischen fest in den Boden zu saugen und verursachte dadurch ein schmatzendes Geräusch, das ebenso abrupt aufhörte, wie es eingesetzt hatte. Eine Gestalt kam näher, hinter ihr erschien eine zweite, die aber im Maul, im Eingang des Gefährts, verharrte. Dahinter waren die schemenhafte Umrisse der anderen Wesen zu erkennen, es waren unglaublich viele ...

»Darf ich nähertreten?«, fragte die erste Gestalt.

»Aber bitte«, antwortete Jon Kubei. Er sagte es so, als sei es selbstverständlich, derartige Gäste zu begrüßen.

»Wir haben viel von Ihnen gehört. Sie sind der Geschichtenerzähler, nicht wahr?«

»Sie – haben – von mir – gehört?« Ungläubig schaute Jon Kubei das Wesen an, das flimmernd die Gestalt wechselte, mal wie ein Spiegel sein eigenes, Jons, Bild wiedergab, dann Personen aus seinem Leben zu zeigen schien – war da nicht irgendwo kurz sein Vater, das Gesicht seiner Mutter, eine vertraute Geste seines ältesten Sohnes?

»Wir haben Sie beobachtet. Wir haben Ihre Geschichten gesehen, gehört, gespeichert. Voller Bewunderung. Ihre Phantasie, Ihr Ideenreichtum, all das fehlt uns seit Jahrmillionen. Sie sind eine bekannte Persönlichkeit bei uns, wenn wir das mal so sagen dürfen.«

»Wer sind Sie?«

»Das ist schwer zu beschreiben. Wir nennen uns Vermittler. Sie würden uns als Agenten oder Lektoren oder Verleger bezeichnen – in einem Ihrer Werke haben Sie solche Menschen einmal treffend als Trüffelschweine der Kultur bezeichnet. Aber uns zu beschreiben, ist schwierig. Wir sind nämlich ...« Der Fremde verstummte.

Dieses »wir« – war es Zeichen einer kollektiven Wesenheit? Eine Geschichte begann sich in Jon Kubais Kopf zu formen, ein kosmisches Abenteuer von Ameisen, die individuelles Bewußtsein erlangen und anfangen nach einem Persönlichen Gott zu suchen ...

»Köstlich – schon sind Sie wieder am Werk«, sagte das unbekannte Wesen. »Sie sind wirklich ein Meister Ihres Fachs.«

»Sie schmeicheln mir«, antwortete Jon Kubei. »Haben Sie denn wegen mir diese große Reise gemacht – ich nehme an, es war eine große, eine lange Reise, durch viele Sonnensysteme, von der anderen Seite der Milchstraße.«

»Zu viel der Ehre, es war nicht ganz so weit. Aber eine lange Reise war es allemal.«

In Jon Kubei rührte sich noch einmal der alte Geschäftsgeist. »Sie wollen eine Geschichte von mir haben, nehme ich an?«, fragte er.

»Oh ja. Und nicht nur eine.«

»Nicht nur eine?«

»Alle.«

»Alle?«

»Ja. Und wir zahlen gut. Wir vertreten ungefähr siebentausend Sonnensysteme – mit mehr als zehntausend bewohnte Planeten. Da kommt schon etwas zusammen an Lizenzgebühren, Honoraren und Prämien.«

»Moment mal: Alle meine Geschichten – für alle diese Welten?«

»Ja. Und für unsere Kunden sind sie alle neu, das dürfen Sie nicht vergessen.« Der Fremde zögerte, als sei er dabei, etwas ganz Bedeutendes zu sagen. »Den *Hamlet in Holzpantinen* – den würden wir gerne als Erstes publizieren. Als Ballett für sieben Geschlechter. Auf Wega Neun. Zur Feier der Inthronisation Seiner Majestät Vurguzzal des Dritten.«

»Was denn – Monarchie unterm Sternenzelt?«

»Na ja, eigentlich nicht. Mehr ein Spiel mit alten Traditionen – oder vielleicht auch nur ein Übersetzungsfehler. Vurguzzal ist jedenfalls der Größte. Und das, was Sie vielleicht als Inthronisation bezeichnen würden, ist so etwas wie ein Reifungsschritt in – aber wollen Sie uns nicht begleiten und persönlich teilnehmen an den Feierlichkeiten? Seine Majestät wäre entzückt!«

»Ich und eine Reise durchs Weltall? Mit meinen hundertachtzehn Jahren?« Ein leichtes Keuchen und Krächzen, das ein Lachen sein sollte, entstieg Jon Kubeis alten Lungen. »Das würde ich doch nie überstehen! Ich habe einmal den Trip zum Mond gemacht – und mußte dauernd nur kotzen ...«

»Keine Sorge, wir sind ein paar Jahre weiter mit unserer Technologie. Aber zuallererst sollten wir doch einmal den Vertrag unterzeichnen.«

»Keine schlechte Idee. Sagen Sie: Haben Sie vielleicht so etwas wie eine Pille gegen den Tod, so als kleinen Vorschuß gewissermaßen?«

»Kein Problem. Auch daran haben wir gedacht.«

Der Fremde verhüllte kurz sein Gesicht, versank unter den Wogen seines vielschichtigen Gewands und suchte etwas darin. Kurze Zeit später überreichte er Jon Kubei eine kleine gelbe Pille.

»Hier, bitte sehr.«

»Kauen oder schlucken?«

»Lassen Sie sie einfach im Mund zergehen und trinken Sie von diesem hier ein wenig nach.«

Der Fremde reichte dem Geschichtenerfinder ein Glas, das eine Art durchsichtigen Schaums von eigenartiger Beschaffenheit enthielt. Jon Kubei trank behutsam einige Schlucke.

»Schmeckt es?«, fragte der Fremde.

»Oh ja.«

»Dann können wir ja starten.«

»Okay, ich habe nichts dagegen.«

Jon Kubei wurde so leicht zumute, daß er vergaß, wo er war. Und warum. Und wie alt er war. Er hätte nie gedacht, daß die letzte Reise so verlaufen würde.

Nicht schlecht, dachte er. Ach was! Wunderbar! So ist also das

Ende.

Warum ich eigentlich doch lieber kein Schriftsteller sein möchte

Neulich hat mich nach einer Lesung eine Frau angesprochen. Auf eine Geschichte von mir. Ich habe diese Geschichte an jenem Abend nicht einmal vorgetragen. Aber die Frau hatte sie gelesen. In einer Anthologie, in der unter anderem eben auch diese meine Geschichte abgedruckt war.

Die Frau hatte die Geschichte gut zehn Jahre zuvor gelesen, ganz zufällig. Die anderen Geschichten waren ihr nicht wichtig, sie erinnerte sich an nichts davon. Aber bei meiner Geschichte, da hat irgendetwas in ihr *klick* gemacht. Damals. Und als sie neulich meinen Namen auf dem Plakat der Volkshochschule sah und entdeckte, daß ich, der Autor, an dem Abend lesen würde –

Nicht, daß sie glaubte, daß ich gerade jene Story lesen würde, die von damals, vor zehn Jahren geschriebene – aber in mir als Autor wäre sie ja gewissermaßen Teil von mir und insofern ebenfalls anwesend – die Geschichte – nicht die Frau –

Ob ich mich denn noch immer an jenes Gefühl des Verlassenseins erinnern könne, das ich in jener Geschichte –

»Verlassensein? Keine Ahnung. Wie hieß die Geschichte?«

»Laute Stimme der Vernunft –«

»Ja, ich kann mich erinnern. Eine Liebes-Geschichte – spielte auf Sumatra, nicht wahr?«

Die Frau nickt, kann sich offenbar genau erinnern, worum es geht. Worum es damals ging. Damals! Ich kann es nicht. Ist zu lange her. Bedenken Sie: die Geschichte erschien ungefähr 2001!

Geschrieben habe ich sie aber mindestens zehn Jahre vorher, also sagen wir mal um 1991.

Erlebt habe ich das, was ich in der Geschichte erzähle – in sehr verfremdeter Form versteht sich (ich war noch nie auf Sumatra – haha) – also erlebt habe ich das mindestens nochmal zehn, wenn nicht gar zwanzig Jahre davor. Muß während meines Studiums gewesen sein, so um 1963. Wahrscheinlich die schreckliche Geschichte mit K. – in die ich damals so unglücklich –

Aber lassen wir das.
Verstehen Sie nun mein Problem?
Ich erlebe etwas im Jahr 1963. Ich schreibe diese Geschichte im Jahr 1990. Ich werde 2000 eingeladen, für eine Anthologie eine Story beizutragen; hole das alte Manuskript aus dem Archiv, finde sogar die Datei wieder (in einem uralten Format, das sich gerade noch nach WORD konvertieren läßt, nach mühsamer Anpassung der Umlaute und des »ß«, der Zeilenschaltungen und Absatzendmarkierungen), redigiere und ergänze den Text, schicke ihn an den Herausgeber. Nochmals ein Jahr später erscheint die Geschichte. Nun sind wir schon im Jahr 2001. Und dann kommt diese Frau im Jahr 2011 und fragt mich –

Verstehen Sie jetzt, warum ich eigentlich kein Schriftsteller mehr sein möchte? Dieses alte Zeug. Erlebt. Vergessen. Abgehakt.
Mit Recht weisen Sie auf dieses Wörtchen »eigentlich« hin, spießen es gewissermaßen triumphierend auf. Na wenn schon. Die Vergangenheit muß endlich ruhen. Ich will für die Zukunft offen sein.
Deshalb schreibe ich ab sofort nur noch –

Wie wär's denn mit Kriminalgeschichten? Verbrechen lohnt sich doch – für den Autor jedenfalls (haha).
Nein! Ich werde nur noch Science Fiction schreiben.
Das will niemand lesen, schon gar nicht Frauen. Die mich dann auch nicht 48 Jahre später mit Fragen nerven –
Lesen will das SF-Zeug keiner. Und drucken will es auch niemand. So ist allen geholfen.
Ich kann schreiben. Niemand liest es. Niemand nervt mich.
Haha.
Sagen Sie mal, Sie sind Verleger, sagten Sie? Also, ich hätte da eine interessante Geschichte dabei, kann ich gleich holen. Spielt 1963 – auf dem Mond –
Ja, ich weiß, damals war noch niemand auf dem Mond. Angeblich. Jedenfalls nicht die Amis, die sind erst 1969 oben gelandet. Aber das ist ja gerade das Interessante an der Geschichte. Also ich – ich WAR damals auf dem Mond, 1963! Aliens haben mich entführt. In einem dieser UFOs – Sie wissen schon. Unidentifizierte Fliegende Objekte. Damals hatte ich gerade K. verlassen – Schrecklich muß sie gelitten haben – Rief mich dauernd an – nervte mich –

Nicht interessiert?
Schade. Liegt wahrscheinlich daran, daß Sie ein Mann sind. Männer mögen keine Gefühle.

Wie werde ich weltberühmt?

Als ich in meiner Familie verkündete, daß ich weltberühmt werden wolle, schauten sie mich alle irritiert an.

»Wieso willst du weltberühmt werden?«, fragte mein ältester Sohn Benny.

Bevor ich antworten konnte, meinte meine Frau nur: »Aber wir kennen dich und lieben dich doch alle so, wie du bist! Das muß genügen. Mehr ist nicht drin.«

Okay, das war's zunächst mal. Aber nun zur Vorgeschichte. Eigentlich wollte ich einen Bestseller schreiben. Einen Weltbestseller. Und als wir darüber im Familienkreis sprachen, waren sie alle einverstanden.

»Toll«, sagte mein jüngster Sohn Tommy, »dann kommt endlich mal ordentlich Schotter rüber.«

Wie die jungen Leute heutzutage reden – als ob es einem Buchautor nur ums Geld ginge! Aber so ganz Unrecht hatte er nicht. Mit Familie ist es nicht so einfach als Buchautor, und da können hohe Honorare nicht schaden.

»Und wie willst du das machen, einen Bestseller schreiben?«, fragte meine Frau.

»Weltbestseller«, korrigierte ich sie.

»Ja, klar, wie willst du das machen?« Sie ist halt sehr praktisch veranlagt, meine Frau. »Von deinem letzten – Werk – hast du gerade mal 322 Stück verkauft. Und das im Lauf von fünf Jahren und auch nur, weil du selbst auf Lesungen einiges unter die Leute gebracht hast.«

Ich blickte sie streng an, damit sie ja nicht wieder auszubreiten begann, daß wir ohne die Erbschaft von ihrer verstorbenen Lieblingstante längst verhungert wären. Die Botschaft kam an, sie sagte nichts dergleichen. Dafür warf Lilo, meine Tochter und das mittlere meiner drei Kinder, ein: »Na Papa, das ist doch eine wunderbare Idee, das mit dem Bestseller –«

»Weltbestseller«, korrigierten Tommy und Benny fast unisono

und mit einem, wie ich herauszuhören glaubte, leicht spöttischen Unterton. »Ja, Papa, wie willst du das machen?«

Ich machte eine längere Pause, in der ich so tat, als überlegte ich angestrengt. Aber es war nur eine Kunstpause, um die Spannung zu steigern, denn ich wußte ja längst, wie ich das anstellen würde.

»Das ist doch wirklich ganz einfach, wenn man es genau durchdenkt –«

»Nun sag schon!« Wie ein Aufschrei ertönte das von allen vieren gleichzeitig. Ich schluckte. Ganz so toll kam mir meine Idee plötzlich nicht mehr vor.

»Also, ich stelle mir Folgendes vor – wenn die Mutter Theresa ihre Lebensbeichte geschrieben hätte, in der sie uns mitteilt, daß sie in jungen Jahren, aus purer Not natürlich, auf den Strich ging – warum trittst du mich gegen das Schienbein, verdammt noch mal!«, schrie ich meine Frau schmerzerfüllt an.

Aber die sagte nur trocken: »Deine Tochter ist erst zwölf.«

Und damit hatte sie natürlich recht.

»In Ordnung«, räumte ich ein. »Kein gutes Beispiel. Aber wenn – ich meine das wirklich nur als Beispiel – also, wenn der Papst in seinen Memoiren schreibt, ich meine schreiben würde, daß er als Jugendlicher drogensüchtig und Satanist gewesen ist – also, was ich mit alledem sagen will: Wenn jemand berühmt ist, dann ist es doch völlig egal, was er schreibt! Alle Welt wird es lesen wollen. Und das wird dann ein –«

Ich blickte sie der Reihe nach fragend, herausfordernd, lockend, bittend an. Schließlich tat mir mein Liebling, die kleine Lilo, den Gefallen und sagte es ehrfürchtig: »Das wird dann sicher ein Weltbestseller, Papa.«

Meine Frau nickte bekräftigend und ergänzte dann trocken: »Nur bist du weder der Papst noch Mutter Theresa oder sonst wie berühmt.«

Genau das galt es also zu widerlegen, diese Fehleinschätzung meiner Person und meiner verborgenen Möglichkeiten. Ich ging zum linken Wohnzimmerfenster. Nun würden sie mir glauben, dachte ich, daß ich weltberühmt werde.

Also machte ich das Fenster auf und ging ganz gelassen hinüber auf die andere Straßenseite. Wir wohnen im fünften Stock, muß ich dazu sagen, und natürlich auch, daß ich auf die andere Seite ging, ohne dabei den Boden zu berühren, der gut zwölf bis dreizehn Meter unter mir lag. Die 13 ist übrigens meine Glückszahl. Vorsichtig betrat ich auf der anderen Seite das Sims des Daches, das dort ein wenig niedriger ist als bei unserem Haus. Geschafft! Jetzt würde ich sicher berühmt werden.

Dann wachte ich auf. Ich mußte dringend auf die Toilette. Als ich durch die Tür ging, stieß ich wieder mal mit meinen Flügeln an. Seltsam, daß ich die im Traum gar nicht benützt habe. War überhaupt ein seltsamer Traum – so wie die, in denen man in der Abiturprüfung sitzt und alles vergessen hat und aus denen man schweißgebadet aufwacht – obwohl man das Reifezeugnis schon seit vielen Jahren in der Tasche hat.

Ich bin doch längst weltberühmt, seit mir diese Flügel gewachsen sind. Diese verdammten Flügel, derentwegen ich nicht mehr auf die Straße gehen oder zum Beispiel beim Bäcker Semmeln holen kann wie jeder andere Mensch, ohne daß mich alle anstarren, an meinen Federn zupfen oder jemand grinsend ruft: »Nun flieg doch mal!«

Kann ich aber nicht. Dürfte ich auch gar nicht. Wurde mir strengstens untersagt. Von den Besuchern aus dem Weltraum, die mich vergangenes Jahr erst hochgebeamt haben in ihr UFO – mich als einzigen Erdenbewohner – und dort oben allerhand Sachen mit mir machten. Aber über die will ich jetzt nicht reden. Das mit den Flügeln sieht man halt. Ist ja auch ganz praktisch, wenn es draußen dunkel ist und ich mir eben mal die Welt von oben betrachten möchte. (Nachts darf ich das.)

Aber ansonsten ist es schon ziemlich lästig. Berühmt bin ich also, wie Sie sich denken können. Nur: Warum träume ich dann davon, daß ich es gerne wäre? Selber hab ich mir schon genug Gedanken gemacht – jetzt sind Sie dran. Sie sind doch der Fachmann für's Deuten von Träumen. Es ist schon lästig genug, daß ich mich nicht auf Ihre Couch legen kann – wegen der Flügel – und ich deshalb auch kaum so entspannt bin, wie es nötig wäre.

Aber Sie müssen es mir nicht auch noch schwer machen, indem Sie ständig versuchen, an meinen Federn herumzuzupfen. Und sagen Sie jetzt bloß nicht, daß ich eben mal herumflattern soll, weil Sie es mir nicht glauben – das mit dem Fliegen!

Wenn ich mit Ihrer Deutung zufrieden bin, schenke ich Ihnen vielleicht eine von den Federn. Sie wissen ja, was man damit machen kann – und warum alle Welt so wild darauf ist, eine zu kriegen.

Sie wissen es nicht?

Vielleicht verrate ich es Ihnen, als Dreingabe gewissermaßen. Also: Was will dieser Traum mir sagen?

Höhenangst

»Du bist wahnsinnig«, sagte seine Frau. »Wie kannst du nur auf den Gedanken kommen, daß dir das gelingt?« Sie schrie es fast hinaus in die Dunkelheit.

»Wenn ich es nicht tue, dann tut es ein anderer!«

»So einfach machst du es dir! Und was geschieht mit mir?«

Sie zitterte am ganzen Leib. Er sah es. Sie tat ihm Leid. Aber sie hatten keine andere Wahl.

»Komm«, sagte er, »vertrau mir. Nur noch dieses eine Mal. Komm einfach mit. Bleib dicht hinter mehr – es wird alles gut werden!«

Dabei setzte er sich schon an den Rand des Abgrunds. Er konnte nur ahnen, was da unten auf sie wartete. So also würde es enden. Für ihn jedenfalls. Der Sprung ins Dunkel – ohne Netz und ohne den doppelten Boden, den die Therapiegruppe für sie beide all die Jahre dargestellt hatte. Diese Gruppe bei Dr. Renner-Garnier, in der sie sich kennen und lieben gelernt hatten. Während deren Verlauf sie zwei Kinder bekommen und großgezogen hatten.

»Das ist doch selbstvereitelnd«, rief seine Frau.

Er aber spürte voller Erleichterung, daß sie nun hinter ihm Platz genommen hatte.

»Warum selbstvereitelnd?«

Er drehte seinen Kopf, um ihr ins Gesicht zu sehen. Dabei roch er den Alkohol aus ihrem Mund. Ja, sie hatten beide getrickst und sich Mut angetrunken. Er hob die leere Whiskyflasche und schleuderte sie in den Abgrund.

Sieben Jahre Gruppenpsychotherapie gegen Höhenangst bei Dr. Renner-Garnier. Und nun der Test, das alles entscheidende *experimentum crucis*. Würde es gelingen? Waren sie geheilt?

»Selbstvereitelnd«, murmelte er und ließ die beiden Haltegriffe los. Er kam ins Rutschen..

»Warum soll das selbstvereitelnd sein?«, rief er, lauter als beabsichtigt. »Das wollten wir doch all die Jahre – unsere Höhenangst verlieren!«

Sie kamen unten an, taumelten auf die Beine. Rasender Beifall. Die anderen – würden sie es auch wagen? Diese Kinderrutsche hinunterzusausen – zwei Meter in die Tiefe? Ein Anfang nur – und noch lange nicht das Ende.

Blitzschlag der Liebe oder:
Citch as Citch can

Der junge Mann, nennen wir ihn Fluffy, war dreiundzwanzig Jahre alt und kam gerade vom Hauptbahnhof. In dem kleinen Rucksack auf seinem Rücken befanden sich, in einer kleinen Blechdose hermetisch verschweißt, hundert Gramm feinsten Marihuanas, einen Tag zuvor in Amsterdam in einem der Coffee Shops gekauft. *Nederlandse home grown* war das Feinste vom Feinsten, besser als das härteste Kongogras, das er jemals geraucht hatte. Er würde wieder Musik hören – seine eigene Musik, aus dem tiefsten Inneren seiner »Großen Seele«, wie ein indianischer Schamane sie ihm bei einem super *vision quest* in der Mojave-Wüste ein Jahr zuvor attestiert hatte. Ja, er würde in die tiefsten Tiefen seiner Großen Seele hinabtauchen und die intensivste Musik hören, die er jemals vernommen hatte. Und danach würde er sich endlich an seinen Computer setzen, das Musikprogramm *QBase* aufrufen, die Melodien und Rhythmen nachbilden und das Ergebnis seiner »Großen Kosmischen Sinfonie aus der Tiefe« – nein, er würde sie anders nennen, moderner: »Cosmic Fire« – auf eine CD brennen und sie dem Agenten geben, den er sich schon lange suchen wollte. Er begann die ersten Töne zu pfeifen, die bereits jetzt durch seinen Kopf purzelten, als er im Künstlerviertel Altschwabing ankam, ziemlich flotten Schrittes und aufgrund des Pfeifchens, das er noch im Raucherabteil des Amsterdam-Expreß reingepfiffen hatte, ausgesprochen guter Laune …

Jeanne hieß sie. Sie war (wie sie selbst angab) siebenundzwanzig Jahre alt und auf ihrer Karriereleiter als Angestellte des weltberühmten Modehauses »La Lumière« eine Stunde zuvor zwei Sprossen nach oben katapultiert worden.

»Ihre neue Kollektion – einfach superb«, hatte Charly Lug-ins-Land sie gelobt. Er, der Chef, war persönlich aus Paris eingeflogen – wegen ihr! Sie hatten im engsten Kreis feinsten Champagner aus der Champagne getrunken und auf ihr neues berufliches Glück angestoßen. Dieser Champagner mit den wunderbar aufperlenden Bläschen, fein musierend, genau jene milde Qualität von Euphorie und Schwips hervorrufend, ließ sie ihr maßgeschneidertes Kostüm von *Rive Gauche* beschwingt und noch effektvoller erst durch die Leopoldstraße, Schwabings Prachtmeile, tragen, dann vorbei am trendigen maschinenlärmenden Neubauareal der ehemaligen Stadtwerke. Sie meinte zu schweben, als sie am Wedekindbrunnen vorbeilief, das feine Klacken ihrer rot gelackten Stöckelschuhe wie das Getrappel edler Rennpferde im Ohr, das Escada-Täschchen in der Rechten schwingend, als sei es ihr Eintrittsbillet in jene Welt, über deren schimmerndem Torbogen in gleißenden Lettern prangte:

»For the best only!«

Dann war sie auf dem südlichen Trottoir der Feilitzschstraße angelangt, ging vorbei am Postershop, in dessen großer Auslage sie eine brillante Kopie eines Bildes von Salvador Dali aufblitzen sah, jenem genialen Spanier, eine Kopie nur seiner »Verrinnenden Zeit«, aber bald würde sie sich das Original leisten können und wenn nicht dieses, dann ein anderes, wenn nicht von Dali, dann von Picasso oder Braque oder wie die Kerle hießen, nein, von der Frida Kahlo sollte es sein, von einer Frau natürlich, sinnlich betörend, feminin.

Dann bog sie um die Ecke, vom Schwung des Champagners und des Karriereflugs mehr getragen als ihren Körper selbst steuernd.

Die große Göttin des Schicksals selbst muß es gewesen sein, die jene zwei Menschen zusammenführte, ja ihre Lebenslinien miteinander verschlang und unauflöslich verknotetete. Zum Glück war Fluffy gut einen Kopf größer als Jeanne, sonst wären sie mit den zielstrebig nach vorne gebeugten Köpfen böse zusammengeknallt, von den herbeirasenden Rettungswagen in zwei verschiedene Krankenhäuser gekarrt und notfallmäßig versorgt worden – ohne sich jemals wieder zu begegnen!

Doch nein, die Schicksalsgöttin hatte anderes vor mit diesen beiden begabten schönen jungen Menschenkindern. Jeanne prallte mit ihrer mondänen blonden Mähne und dem dezent geschminkten Gesicht gegen seine breite Brust, fuhr erschrocken zurück und rief: »Autsch!«

Er hingegen rief heiter »Pardon«, fing ihren taumelnden Körper geschickt auf, hielt sie sicher und schaute in blaugrün schimmernde Augen, in zwei Seen voll unergründlicher Tiefe, seit siebenundzwanzig Jahren auf der Suche nach etwas, das sie nie geschaut, aber immer geahnt hatten.

»Oh«, rief sie, wie betäubt von dem festen Griff seiner kräftigen Arme, die sie so hielten, wie sie nie zuvor gehalten worden war.

»Ich bin Jeanne«, hauchte sie.

Und er sagte mit belegter Stimme nicht etwa »Fluffy«, sondern: »Mein Name ist Rodriguez – Carlos Rodriguez.«

Er sagte es genau so, wie er es sich für solche Fälle vor Jahren schon ausgedacht hatte – klang Carlos Rodriguez doch viel männlicher und rätselhafter als Karl-Egon (wie sein wahrer Name lautete, der nun für immer sein Geheimnis bleiben würde).

»Carlos Rodriguez!«, wiederholte sie.

»Jeanne!« sagte er.

»Ich wohne hier um die Ecke«, sagte sie, bekam aber gleich einen knallroten Kopf und fügte entschuldigend hinzu: »Ich meine, Sie müssen sich wirklich sehr weh getan haben, als Sie …«

»Weh?«, lachte er. »*Wohl* würde ich das lieber nennen. Ja, warum nicht – zu Ihnen. Ich wollte ohnehin einen Kaffee trinken gehen. Sonst schlafe ich auf der Stelle ein.«

Und während sie nebeneinander die paar Schritte zu ihrer Wohnung in der Werneckstraße gingen, schon Händchen haltend wie ein seit Jahren vertrautes Liebespaar, erzählte er ihr von Amsterdam und seinem aufregenden Gespräch mit dem Agenten der größten Musikfirma der Welt, und sie plauderte, wie so nebenbei, daß sie demnächst ihr eigenes Modestudio gründen würde.

Gewiß, dies waren nur ihre Pläne, aber die Verliebtheit würde ihnen helfen, und auch die rasende Liebesnacht (in die sie den grauen Novembermorgen bald verwandeln würden). All ihre großen Begabungen würden sie zusammenwerfen und daraus ein Netzwerk von neuen, unglaublich kreativen, innovativen Geschäftsideen in die rauhe Wirklichkeit spinnen. Ja, sie würden ihn wagen, den Sprung ins Glück! Und eine kleine Ewigkeit würde das schon halten, da waren sie sich sicher.

»Unbedingt«, sagte sie, in seinen Gedanken wie in einem offenen Buch lesend und erfüllt von einem tiefem Ernst, wie sie ihn noch nie zuvor in ihrem Leben gespürt hatte, »mindestens drei –«

Und Carlos Rodriguez vollendete diesen in den Raum wie mit goldenen Lettern gestellten Satz: »Vier! Mindestens vier Wochen – einen ganzen Mond lang.«

»Honigmond«, hauchte sie, »ja, so soll es sein, Carlos! Unser Honigmond!«

»Oh du,« keuchte er, »du Jeanne.«

Und machte dem Gestammel mit einem Kuß von unergründlicher Tiefe ein unvergeßliches Finale.

Etwas geht zu Ende

Er fühlte sich alt und verbraucht, krank. In letzter Zeit waren ihm seltsame fremde Gerüche aufgefallen, die sein Körper verströmte. Dieser Körper, der sich so sichtbar veränderte. Es ging wohl auf das Ende zu und wurde Zeit, Abschied zu nehmen. Er fühlte sich ohnehin immer unwohler unter all diesen Menschen, mit denen er beinahe jeden Tag verbringen mußte. Aber was am Vorabend geschehen war, hatte ihm den Rest gegeben. Gut, er hatte nie zuvor dieses seltsame Zeug getrunken. Aber einer von den Gästen hatte eine Flasche davon mitgebracht, und da sie alle davon kosteten, konnte er schlecht nein sagen. Doch diese Flüssigkeit, die so harmlos durchsichtig im Glas schwappte – die konnte es kaum allein gewesen sein, was ihn hinterher so elend fühlen ließ. Er hatte zwar ein- oder zweimal nachschenken lassen (schließlich war er ja der Gastgeber gewesen und sie waren alle wegen ihm gekommen, um seinen Abschied vom alten Leben zu feiern), aber während die anderen, die auch in seinem Alter waren, sich darauf zu freuen schienen, Vertrautes aufzugeben und den Sprung in eine ungewisse Zukunft zu wagen, war es ihm entsetzlich schwer gefallen.

»Ist was?«, fragte die Frau auf der anderen Seite des Tisches.

»Was soll schon sein«, brummte er und war sich bewußt, wie unfreundlich er war. Schließlich war sie es ja, die alles für die Party hergerichtet und an diesem Morgen das Frühstück zubereitet hatte.

»Hast du deine Sachen in Ordnung gebracht?«, fragte sie. »Du mußt dich ein wenig beeilen. Trink wenigstens den Tee noch aus und iß die Schinkensemmel – oder pack sie dir ein.«

»Ich komme schon nicht zu spät.«

»Du schaust ja drein, als müsstest du zu einer Beerdigung.«

»Noch nicht zu meiner«, versuchte er zu scherzen. Dann atmete er tief durch. Er mußte sich zusammenreißen.

»Keinen Kuß?«, fragte sie, als er schon in der Tür stand. Er hatte die paar Meter in allen Knochen gespürt. Es ging wirklich aufs

Ende zu. Ich muß ihr das sagen, schoß es ihm durch den Kopf, in dem es rumorte, als sei da ein fremdes Wesen am Toben. Vielleicht krieg ich ja einen Tumor und dann geht alles sehr schnell. Nein, ich sage es ihr nicht. Es geht sie nichts an, daß ich mich in diese Nelly verliebt habe.

»Nun mach schon«, rief sie ihm nach, »der Bus fährt gleich.«

Ja, dachte er, *es wird Zeit, daß ich Verantwortung übernehme, das hat der Doktor neulich auch bei der Routineuntersuchung gesagt. Schließlich bin ich gestern ...*

»Nimm die Beine in die Hand!«

... volle dreizehn Jahre alt geworden.

Er vernahm nicht mehr, wie sie ihm noch nachrief: »Wenn du gehst, mach die Tür zu.«